KB125488

사랑하는

님께

마음을 담아 드립니다.

작은 천국
나의 아이들

 저자 **정명수**

유아교육학 박사
지성유치원 원장

이 책은 정명수 원장님께서 유치원 원장으로 30년 근속을 기념하기 위하여
특별히 제작된 한정판 에세이집입니다.

초판 1쇄 발행 2017년 9월 10일

지 은 이   정명수
발 행 인   권선복   편   집   권보송
교   정   김병민   디 자 인   이세영
마 케 팅   권보송   전 자 책   천훈민
발 행 처   행복한에너지   출판등록   제315-2011-000035호
주   소   (157-010) 서울특별시 강서구 화곡로 232
전   화   0505-613-6133   팩   스   0303-0799-1560
홈페이지   www.happybook.or.kr 이 메 일   ksbdata@daum.net
값 25,000원

ISBN 979-11-86673-88-1   03810

Copyright ⓒ 정명수, 2017

* 이 책은 저작권법에 따라 보호받는 저작물이므로 무단전재와 무단복제를 금지하며, 이 책의 내용을 전부 또는 일부를 이용하
  시려면 반드시 저작권자와 〈행복한에너지〉의 서면 동의를 받아야 합니다.

행복한에너지는 독자 여러분의 아이디어와 원고 투고를 기다립니다. 책으로 만들기를 원하는 콘텐츠가 있으신 분은 이메일이나 홈페
이지를 통해 간단한 기획서와 기획의도, 연락처 등을 보내주십시오. 행복한에너지의 문은 언제나 활짝 열려 있습니다.

30년차 유치원 원장
정명수 에세이

작은 천국
나의 아이들

정명수 지음

행복한에너지

목 차

PART 01 소명

PART 02 봄

PART 03 가족

PART 04 여름

PART 05 추억

PART 06 가을

PART 07 기도

PART 08 겨울

PART 01 소명

가시

며칠 전 등원 시간이었습니다.

다른 때 같았으면 저를 안 보는 척하며
살짝 보고 수줍게 교실로 총총 가야 할
다섯 살짜리 일본 아이 채리가
원장실 밖에서 저를 응시하며 서 있습니다.

손을 흔들어 "안녕" 인사했지만
가만히 서서 더 간절히 쳐다만 보고 있습니다.
이번엔 윙크까지 하며 더 크게
"채리, 안녕" 했지만 아직도…….

"왜, 채리야?" 하며
복도로 나가 눈높이를 맞추니

작은 천국 나의 아이들

겁먹은 얼굴로 엄지손가락을 조심히 내밉니다.
그 엄지손가락엔
큰 가시가 깊숙이 박혀 있었습니다.

원장실로 데리고 와
원감님과 채리 담임을 불러
우는 채리를 앞에서 잡고 뒤에서 눈을 가리고
원감님이 핀셋과 바늘로 드디어 가시를 뽑았습니다.
채리의 손가락을 소독하고 잘 달래어
교실까지 바래다주었습니다.

부모참여 수업 있는 다음 날,
유치원에 오신 채리 어머님이
서툰 한국말로 그간의 사정을 이야기하십니다.

채리는 전날 집 앞 놀이터에서 놀다가
손에 가시가 박혔는데 병원도 안 가겠다 버티고
아빠, 엄마에게도 안 보여주고 탈진할 정도로 난리를 부려
어찌 못 하고 그냥 유치원을 보냈는데
가시를 뽑아 주셔서 감사하다는 말씀이었습니다.

채리는 엄마, 아빠, 의사선생님께도
제 아픈 곳을 믿고 맡기지 못한 것을
밤새 싸매고 있다가
저에게 가지고 왔던 것입니다.

'아~ 그랬구나. 채리야 고마워!'

이번엔 가시였지만
채리가 앞으로 살아가는 동안
누구에게도 믿고 맡기지 못할 일들을
내려놓고 맡길 수 있는 분께
채리를 올려드립니다.

그분은 채리를
이제부터 영원토록
보호하시고
만지시며
안식처와 피난처가 되어 주실 것입니다.

능력의 하나님께서 나와 채리의 주인임을 기뻐합니다.

잊지 말아야 할 것

귀에 있는 장애 때문에

보청기를 끼어도

아주 조금만 들을 수 있는 혜성이는

항상 어머니께서 데리러 오십니다.

혜성이는 수업이 끝나면 장난기 어린 얼굴로

쪼르르 내 방으로 달려와 어머니를 기다립니다.

오늘은 발레수업을 했는지

발레옷 가방과 Sun cap을 양손에 들고 들어옵니다.

다른 때와 달리 피곤했던지

낑낑거리며 내 품에 파고듭니다.

부~비 부~비하더니

이내 코~ 잠들고 말았습니다.

설핏 잠이 든 혜성이는

아끼는 발레옷 가방과 Sun cap을 놓치지 않으려

손끝에 힘이 풀릴 때마다

깜짝 놀라며 다시 꼭 쥐었습니다.

편하게 자도록 자리에 눕히며

혜성이의 손이 닿는 곳에 발레옷 가방과 Sun cap을 놓아둡니다.

이내 어머니께서 오신 것을 보고

혜성이가 깨지 않도록 살짝 안아 들려 하자

잠결에도 발레옷 가방과 Sun cap을 잊지 않고

힘이 빠진 고사리 손으로 더듬더듬 물건을 찾아 쥡니다.

제 것을 잊지 않으려 첫 단잠에도 저리 애쓰는 혜성이가

어찌나 신통하던지!

볼에 입 맞추며 품에 꼭 안아 어머니께 안내합니다.

햇살이 쏟아지는 마당으로 나가시는

혜성이 어머니의 어깨에

주님의 눈동자가 머뭅니다.

혜성이가 잠결에도 제 것을 잊지 않는 것처럼

저도 다짐을 합니다.

매 순간 잊지 않겠습니다.
내게 맡겨진 귀한 주님의 사명,
"마땅히 아이들에게 가르칠 것을 가르쳐 정오의 해처럼 빛으로 비추게 하라."

그녀는 공주 나는 군사

대학 졸업 후
처음으로 유치원에 부임했을 때
그곳엔 새초롬하고 어여쁜 선배 교사가 있었습니다.

이론만 머리에 담고 첫 유치원 출근을 시작한 나는
그녀가 능숙하게 아이들을 가르치는 모습에 무척 감탄했습니다.
부지런히 그녀를 Modelling한 덕분에
낯선 유치원에 빠르게 적응하였습니다.

우리는
잘 웃고
잘 먹고
일을 두렵게 생각지 않았으며
솔직한 성격이 같아

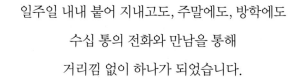

일주일 내내 붙어 지내고도, 주말에도, 방학에도
수십 통의 전화와 만남을 통해
거리낌 없이 하나가 되었습니다.

밥을 먹을 때면 얼른 서로가 좋아하는 반찬을 서로를 위해
양보하고 남겨 주었으며
호랑이 같은 원장 샘에게 야단을 맞을 때면
상대의 마음이 다칠까 전전긍긍,
문밖을 서성이며 긴 복도를 오가던 때가 떠오릅니다.

밤 10시가 넘도록 일에 매달리며 배고픈 야근이 이어질 때면
한 봉지의 과자를 사이에 두고 서로 더 먹기를
진심으로 바랐던 친구였습니다.

엄마가 없던 그녀는 엄마의 손길이 느껴지는,
계란 프라이가 얹어진 나의 도시락이나
엄마가 만들어 주었던 뜨개옷을 보며
쓸쓸해하였습니다.

나는 그녀를 위해
도시락을 쌀 때면 참기름으로 지진 계란 프라이를 한 개 더 싸고

뜨개옷이 이제는 싫어졌다며 맘 편하게 벗어 주어,
그녀의 행복한 얼굴을 보는 것이 그 어떤 기쁨보다 컸던 때였습니다.

그렇게 행복한 직장 생활을 하고 있을 즈음
우리가 저승사자라 부르던 원장 샘이
예고도 없이 심술 어린 수업참관을 하던 날,
그녀는 참기 힘든 원장 샘의 지도 말씀에
그만 수업 중에 유치원에서 뛰쳐나가고
다시는 원으로 돌아오지 않았습니다.

몇 날을 울고불고 그녀를 설득했지만
유치원으로 돌아오는 대신
그 전쟁터에 나를 남겨 두고
결혼을 선택하고 말았습니다.

결혼을 해서도 잘 살아 보겠다며
놀이방을 하다가 허리를 다쳐 고생을 한다는
그녀가 지방에서 보내 온 소식은
나를 우울하고 아프게 했습니다.

그러던 어느 날 반전이!

작은 천국 나의 아이들

그녀의 아버지께서 많은 재산을 남기신 채 갑자기 돌아가셔서
그녀는 갑자기 Luxury한 삶을 살게 되었습니다.

이제는,
세계를 무대로 행복을 누리며 사는 그녀가
지난 주말 저와 만났습니다.

독일에 이어 덴마크에서 4년간의 기한으로 살고 있는 그녀.
우리는 멀리서도 서로를 알아보곤
주변의 많은 사람들을 의식하지도 않고
"꺄악~~" 소리를 내며 부둥켜안고 기쁜 재회를 나눕니다.

아주 단순한 삶을 선택한 그녀!
하나님 주신 자연과 삶을 충분히 누리는 그녀!

매일 늦둥이 아들을 국제 학교로 등원시키기 위해 덴마크 기차로 데려다 주고
돌아오는 기차와 데리러 가는 기차 안 창가에서
홀로 여유 즐기며 차를 마시는 그녀.
매일 새로운 하나님의 창조를 감격해하고 감사해하며
말을 잘 안 듣는 골프공 속에서 인생을 견주어 보는 그녀.
잘 보여야 할 유일한 대상인 그녀의 남편을 위해

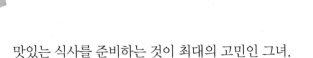

맛있는 식사를 준비하는 것이 최대의 고민인 그녀.

그렇게 행복한 그녀가

진심으로 저에게

"힘들고 맘고생 하는 유치원을 정리하고 함께 삶을 누리자." 제언합니다.

그렇습니다.

저는 제가 감당하기에는 매일 용량이 초과하는 일들로

나를 잃어버리기도 하고 때론

고뇌하고 슬퍼하고 넘어지고 있습니다.

그릇들도 각기 용도가 다르듯

하나님이 우리를 창조하실 때

모두가 똑같이 만드시지 않으신 것을 인정합니다.

삶은 내가 살고 싶은 대로 살 수 없다는 것도 인정합니다.

아마도

그녀는 공주로, 왕비로, 여성으로

나는 군사로, 일꾼으로, 포도원지기로 설계하신 듯합니다.

내 안에 하나님을 깊이 사랑하기에

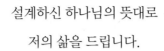

설계하신 하나님의 뜻대로
저의 삶을 드립니다.

하지만 오늘은
설계자이신 하나님께
조금은 누리고 여유 있는 시간들을 허락하시도록
떼를 쓰고 싶은 날입니다.

치열한 전쟁에 앞장서 있기에 저는 너무 여리고
긴 전쟁으로 지친 것 같아요, 아버지!

내 안의 생각이 단순해지고
나를 편하게 놓아두어도 가책을 느끼지 않도록
저를 재설계해주세요, 아버지!

그러나 그 모든 것이 아버지의 뜻이 아니라 이루어지지 않는다 해도
저를 설계한 아버지의 계획대로 죽기까지 피 흘리며 순종하겠습니다.

나의 사랑
내 안의 근원인 아버지를
사랑하기 때문에…….

사랑한다면

늦게 등원해 견학 가는 차와 친구들을 떠나보낸

서우가 "원장님 나는 너무 슬퍼요." 하고 울음보를 터트립니다.

"내일 다른 아이들 반과 가면 되니까 괜찮아." 하니

"그래도 나는 너무 슬퍼요." 하며 더 크게 웁니다.

함께 와야 할 언니가 늦게 일어났기에 자신의 책임이 아니라 합니다.

닭똥 같은 눈물이 뚝뚝!

'애고~ 안 되겠다' 싶어

내 차에 태우고 견학지로 쌩~!

서우는 15분 정도를 가는 뒷좌석에서

"언제 다 와요?"를 열 번도 더 묻고 있습니다.

견학지에 도착해 친구들이 모여 있는 곳에 데려다주니

서우의 두 눈에 별빛보다 빛나는 안도의 기쁨이!

작은 천국 나의 아이들

"풋~"

함께 있다는 것은 안도의 기쁨을 주나봅니다.

돌아와 컴퓨터를 켜려는데

장구 선생님께서 출근하시면서 부침개를 해 오십니다.

어르신이 날도 덥고 출근 준비하시기도 힘드실 텐데 마음이 울컥합니다.

손수 덖으신 차와 떡도 매번 가져오십니다.

장구 선생님께서는 맛있는 거 보면 제가 제일 먼저 생각나신답니다.

맛있는 거 먹을 때 제일 먼저 생각나는 사람은

그 사람을 사랑하는 거랍니다.

장구 선생님이 저를 사랑하게 된 것입니다.

오늘은 장구 선생님이 저에게

해물부추부침으로 사랑 고백을 하신 날입니다.

저도 응답의 표시로

맛있는 커피를 타 올립니다.

우리는 사랑하는 사이가 되었습니다.

소명

정치표 빵

몇 해 전,

퇴근을 하며 빵을 사러

학부형님께서 운영하시는 빵집에 들렀습니다.

그날따라

기사님의 실수로 아이를 태우지 않고 출발해 학부형님의 Claim에,

교실에서 아이들이 던진 블럭에 상처가 난 아이 응급실 출장에,

주방 하수구가 막혀 시설아저씨의 드릴 보수에,

하루 종일 기진한 상태여선지

달콤한 빵 냄새와 잘 구워진 빵이 가득하고

빵을 사러 오는 행복한 사람들이 있는 곳에 오니

학부형님이 부러웠습니다.

"좋으시겠어요. 맛있는 빵이 함께하는 일터라서요." 하니

작은 천국 나의 아이들

"어휴~ 말도 마세요. 저는 해만 떨어지면
만들어 놓은 빵이 다 안 팔리면 어쩌나 해서 속이 타고
빵이 많이 남는 날이면 말할 수 없이 힘이 듭니다."라고 말하십니다.

그 당시 저희 유치원 앞에는 경로당에
오가다 간식을 사서 들여놓으면
어르신들이 좋아하시던 기억이 문득 떠올랐습니다.

그 아버님께 제가 제안을 합니다.
"아버님, 이제 저녁에 팔다 남은 빵은
그 다음날 노인정에 다 가져다 드리고 저는 그 대가로
선정이 교육비를 받지 않으면 어떨까요?
그러면 해가 지고 빵이 많이 남아도 아버님 마음이 편하시고
저는 노인정 간식에 매일 신경 쓰지 않아도 되니 좋을 듯해요."

우리는 맛있는 '빵 협약'을 맺고
그 행복한 협약을 잘 지켜나가고 있을 즈음
노인정 어르신 한 분이 지나는 저를 보더니
매일 노인정에 빵을 보내시는 이유가
"나중에 정치하려고 하느냐?"고 물으십니다.

아!

단 한 번도 생각해 본 적 없는 일을

노인정 어르신들은 기정사실화하고 계셨던 것입니다.

빵집 학부모님과 저의 행복한 빵 배달이 의도와는 상관없이

행복한 빵이 정치표 빵으로 뒤바뀐 날이 되었습니다.

주변엔 의도와 상관없이 세상의 잣대에 의해

오해받는 일들이 종종 우리를 당황케 합니다.

예레미아서의 Babylon처럼

세상의 기준에 의해 생각하고 이해하고 사는 사람인지?

하나님 말씀에 의지해 순종하며 생각하며 사는 사람인지?

에 따라 생각은 나뉘는 것 같습니다.

"이 세상도 그 정욕도 지나가리니

오직 하나님의 뜻을 행하는 자는 영원히 거하느니라(요일 2:17)."

그런데 그제

제가 전도편지를 보내는 아주 멋진 한 분께서

"원장님 나중에 정치하실 건가요?" 묻습니다.

아니요~

저는 Never!

평가 인증

며칠 전부터 유치원에는 다 늦도록 불이 환합니다.
오늘 있을 평가 때문입니다.
어젯밤에는 거의 밤을 잊고
교육과정, 안전교육과정, 행정, 직원복지 등의 서류를 점검하느라
뜬눈으로 새벽을 맞이합니다.

평상시에 최선을 다해
앞선 교육, 더 큰 사랑으로 부끄럽지 않게 아이들을 교육하고 보살피지만
평가단이 온다는 그 사실 하나에
이 난리입니다.

잠시 출근 준비로 샤워를 하며
아무것도 아닌 소풍 같은 세상 평가에 분주했던 마음을 다스리며
영원한 나라에 가 예수님 앞에 섰을 나를 봅니다.

평가단은 오는 날도 정해주고
어떤 것으로 평가를 받는 것도 알고
평가단의 평가가 어떠하든지 유치원 운영에는 영향이 없다는 것을 알면서도
이리 준비에 분주한 것을…….

언제 불리어 갈지도 모를 영원한 본향,
세상에서 알게 모르게 지은 부끄러움을 가릴 수도 없는 자리,
천국 잔치에 언제든지 갈 준비가 되어 있는지 묻습니다.

말씀 안에 나의 모든 시간과 환경을 아낌없이 주님께 올려드립니다.
온전히 주장하실 주님을 기뻐합니다.

온유하심의 눈동자

나래반 작고 여린 은채가

노랗고 커다란 목욕 타월을 질질 끌고

저를 바라보며 애처로운 얼굴로 걸어옵니다.

은채를 품에 안으니

열이 펄펄 나서 온몸이 불덩이입니다.

급한 마음에 열을 재고

어머님께 전화를 해

해열제 처방을 허락받아 약을 먹이고

기도를 합니다.

힘이 없이 축 늘어져

내 품 안에 제 몸을 다 맡긴 은채의 높은 체온이

온전히 저의 몸으로 전해오며 은채의 목의 아픔과

몸의 쑤심이 저에게도 똑같이 전달되어 옵니다.

주님을 신뢰함으로

기도를 마쳤을 때 은채의 눈에는 눈물이 고여 있습니다.

힘이 많이 들 텐데도

기도 끝에 은채는 "아멘" 하고 응답을 합니다.

엄마, 아빠가 직장에 계셔서 데리러 올 수 없는 작고 여린 우리 은채가

씩씩하게 잘 견디도록, 안전하도록, 쾌유되도록, 은채에게

주님의 군사와 천사를 대동해 주실 것을 전심으로 의뢰합니다.

열과 약에 취해

애착 담요인 노란 타월을 꼭 쥐고

곧 잠에 빠져든 은채의 머리 위로, 발 아래로

주님의 온유하신 눈동자가 머뭅니다.

분노의 치유는 사랑

한번 떼쓰기 시작하면

어떤 달램이나 훈육도 소용없는 아이

이유도 없이 그냥 마음 깊은 곳에 분노가 있어

울어 버리고 그 장소나 시간에 아랑곳하지 않는 아이.

그래서 가슴 아픈 아이.

봄부터 그 아이는 앙~ 앙~ 소리를 내며

온 유치원을 뒤흔드는 공포의 울음을 시작하면

모든 선생님도 그 아이 엄마도 호랑이 기사님도 저도

그 아이를 달랠 수 없었습니다.

지칠 때까지

마음이 풀릴 때까지

울고 버티어야 하는 그 아이

있는 힘을 다해 울기에
땀으로 목욕을 하고 목에 심줄이 다 올라와 안쓰럽기 그지없습니다.

대신 울어 줄 수도 없고
말도 안 하니
그 아이 맘을 알 길이 없으니

그 아이가 복도에서 현관에서 마당에 나와 울 때마다
저는 옆에 가만히 앉아 우는 아이를 지킵니다.

아버지의 마음을 가지고 더워진 가슴으로
사랑의 주님을 의뢰하며
아이를 보고 있자니

어느새 그 아이가 내 가슴으로 들어왔습니다.
서서히 우리는 눈과 눈을 마주치고
가까이 가까이…….

어느새 그 아이의

깊은 분노가 빛 아래 깨어나기 시작했습니다.

한 학기가 지난 이제, 그 아이는

다시는 크게 울거나 떼쓰지 않습니다.

멀리서도 저를 보면

빙그레 웃으며

슬며시 다가와 저의 손을 잡습니다.

지난 토요일엔 가족과 함께 유치원 축제에 온 그 아이가

멀리서 저를 보고 힘차게 가족을 뒤로하고 뛰어옵니다.

저도 모르게

제 입에서는

"오~ 내 사랑 수묵이~"

우리는 꼭 껴안고 한참을 포옹합니다.

그 아이 부모님은 어리둥절 두 손 놓고 기다리십니다.

아쉬운 포옹을 풀고

남은 건

긴~ 긴~ 우리의 사랑뿐

저는 요즘 어마어마하게 숨겨 두었던

작은 천국 나의 아이들

그 아이의 지치도록 울던 그 열정의 사랑을 풍성하게 누립니다.

분노를 치유하시는 회복의 하나님.
온전케 하시는 하나님.

감사합니다.

이별과 만남

새로 오시는 선생님과
다른 곳으로 가시는 선생님들과의
이임과 송별이 있었습니다.

30여 년을, 해마다 새 학기면 하는 일인데
언제나 적응이 되지 않는 이별과 만남.
오늘도 가시는 선생님들과 인사말을 나누다 또 울고야 맙니다.
이번엔 절대 울지 않기로 했는데
지키지 못했습니다.
둘 길 없는 마음에
일찍 집으로 퇴근해 말씀 앞에 앉습니다.

같은 어미에서 난 달걀 두 알.
한 알은 21일간의 하나님이 자신을 만드는 순간을

잠잠히 기다리고 감당하여 병아리가 되고

알을 깨고 나오는 기쁨과 탄생을 맞이합니다.

한 알은 다른 사람의 손에 의해 깨어져

익은 달걀이 되거나 요리가 되어 생명을 마칩니다.

우리는 자신이 감당해야 할 세상의 숙제와 선택에 매일 마주합니다.

자식도 남편도 혹은 나 자신도

때론 마음에 들지 않는데

세상 어떤 직장이, 어떤 사람이

내 맘에 꼭 맞는 곳이 있을까 생각해 봅니다.

우리가 각자가 해야 할 일들,

주인 된 마음으로

일터와 아이들을 사랑하고

자신을 인내하고 책임진다면

만사의 주인이신 하나님께서

그에게 꼭 맞는 자리를 기다림과 견딤의 대가로

주실 것이라는 생각을 해보는 밤입니다.

오늘 떠나보낸 선생님들이 어디에 있든지

건승하시고 행복하시길

하나님께 올려 드리면서

아름다운 계절이 오고 유치원도 한가해지면
홈커밍데이를 만들고
관광차를 부르고 맛있는 것을 잔뜩 사서 태우고 호젓한 섬으로
오늘 힘들게 떠나보낸 선생님들을 초대해
재회의 기쁨을 나눌 것을 계획하며
둘 길 없는 마음을 달랩니다.

동화구연 선생님의 옥니

복도에서 만난 성호의 표정이 심상치 않습니다.

이마에 손을 대어 보니 미열이 있습니다.

마음이 놓이지 않아 아이를 안고 교실로 가 눌러앉아

동화구연 선생님의 동화를 듣고 있습니다.

동화구연 선생님은 앞대문 이 한 개가 옥니여서 옆으로 나 있으십니다.

한 아이가 "선생님, 이가 빠지려고 하고 있어요."

다른 아이가 "아니야, 선생님~ 그 이는 망치로 두드려서 반듯이 하면 돼요."

하며 망치 대신 주먹손으로 선생님께 다가갑니다.

동화구연 선생님께서는 부드러운 목소리로 이야기하십니다.

"애들아 선생님은 어렸을 때 부모님 말씀을 안 듣고 치과에 안 가서 이가 비뚤어졌어요.

우리 친구들은 부모님 말씀 잘 듣고 치과에 가자고 할 때 꼭 가야 해요.

이제는 너무 오래 이가 비뚤어져서 고칠 수가 없구나.

부모님 말씀을 잘 듣는다면 예쁜 이를 평생 가질 수가 있어요." 하십니다.

아이들은 저마다 걱정스러운 표정으로
자신의 앞니를 만지며 부모님 말에 순종할 결심을 하고 있는 듯합니다.
아이들의 순수한 염려와 선생님다운 질문과 답은 저를 미소 짓게 합니다.
아이들과 선생님들은 저에게 행복한 보물입니다.

직업병

방학을 해서
유치원은 적막강산입니다.

차 따르는 소리,
책장 넘기는 소리가
평상시엔 아이들의 소리에 묻혀 들리지 않았는데
오늘은 아이들의 소리가 없으니
어쩌면 이리도 큰지!

조용한 가운데 집중을 하며 책을 읽어보지만,
아이들 소리와 함께 책을 보던 습관을 버리지 못해
급한 책읽기를 또다시 시작합니다.

아이들과 함께한다는 것은

밥을 먹을 때나 책을 볼 때나 항상 할 수 있을 때 진도 나가기!

그래서 밥은 5분 안에, 책도 속독으로 광속이해를 해야 하는 것입니다.

30년이 넘도록 매일 반복된 나의 생활은

어디를 가도 제일 먼저 밥을 먹고

그리 두껍지 않은 책은 두세 시간이면 속독, 이해 끝!

걸음도 어찌나 빠른지

산책을 해도 경보를 하는 것 같다는 소리를 종종 듣곤 합니다.

어느덧 쫓기는 사람처럼

직업병을 가지게 된 여성이 되었습니다.

방학이니 아이들도 없고

오늘은 밥도 천천히 먹고

책도 편안하게 보고

걸음도 느릿느릿~ 해야지!

빠른 쾌차를 위한 기도가 필요한 날

통통한 볼에 동그란 눈을 가진 소영이,
서울 살던 소영이가 갑자기 엄마가 암에 걸리는 바람에
고모 집에서 우리 유치원에 다니게 되었습니다.
고모는 그 아이를 기쁘게 해주려고 최선을 다하십니다.

그럼에도
항상 말이 없고 풀이 죽은 것처럼 다니는 소영이.
그 아이의 눈을 들여다보면
그 아이가 얼마나 사랑을 많이 간직하고 있는지,
병상에 있는 엄마를 얼마나 그리워하는지,
금세라도 눈에서 눈물이 뚝뚝 떨어질 것 같은
많은 이야기를 하고 있습니다.

간혹 이유 없이 떼를 부리고 울 때면

살며시 그 아이를 안고 마당으로 나섭니다.

아무 말없이 그 아이가 울음을 멈출 때까지 꼭 안아줍니다.

실컷 울어서라도

갑자기 변한 환경과 엄마 아빠와 떨어져 지내게 된

그 아이의 슬픔을 마음껏 토해 내도록…….

하고 싶어도 할 수 없는 환경

참을 수 없다고 해도 참을 수밖에는 없는 상황

나와 그 아이는 눈물로 가득 찬 서로의 눈을 들여다봅니다.

내 얼굴 위로 작은 고사리 손이 눈물을 닦아 줍니다.

우리는 오늘 그렇게 서로를 보고 있습니다.

한 번도 뵌 적 없는

소영 엄마의 쾌차를 위한 긴 기도가 필요한 날입니다.

비가 올 것 같은 토요일엔

비가 올 듯한 토요일 출근엔

편한 옷차림과

화장 안 한 얼굴, 단화를 신고

시간에 쫓겨 신호등 불이 떨어지기 무섭게 출발하던 차가 아닌

할머니 첫 운전처럼 아주 부드럽고 천천히.

길가에 핀 풀꽃에도 일일이 인사 나누고

여유로운 산책을 한참 하고 난 후에야

원무실로 들어섭니다.

아이들 웃음소리가 없는 유치원은

고요에 잠깁니다.

월요일이면 또다시 아이들의 웃음소리가 넘칠 이곳에

주님의 보혈을 바랍니다.

저마다 예쁜 웃음과 몸짓과 마음을 가진
울~ 예쁜 강아지들!! 지성유치원 친구들이
그리워지는 토요일입니다.

애들아~ 사랑해!
원장 샘이 오늘 열심히 준비해서
다음 주에도 멋진 만남, 행복한 아이들 되게 해줄게!

막힌 길

넉넉히 출발을 했는데도
서울 길은 알 수 없어!

볼쇼이 러시아 발레단의 Ice Show에
그만 늦고 말았습니다.

공연이 시작되어 컴컴한 통로를 지나
아이들이 자리를 잡고

아이들은 무대 위 펼쳐진 환상의 Black hole로
빨려들듯 열광을 합니다.

일찍 출발했어도 늦어버린 공연처럼
하나님 베풀어 주신 삶의 시간 속에서

막힌 부분은 무엇이었는지,

미끄럽고 찬 얼음 빙판 위에서
혼신을 다하는 발레단의 연기와
집중되는 조명을 바라보며

관중석으로 돌아와
마음의 등을 켜
나의 삶을 조명합니다.

나는 내 삶에 혼신을 다하는지?
주님의 집중된 조명 아래 부끄럽지는 않는지?

아니요~

조명이 꺼진 관중석의 표정 없는 자리는
회개 기도의 자리로 바뀝니다.

주님은 작디작은 나를
부르셔서 연단을 통해
정금처럼

보석처럼

빛나고 아름답게 하십니다.

내 안에 행하시는 주님을 기뻐합니다.

작은 천국 나의 아이들

모든 염려를 주께

누군가 현관에서 원감 선생님과 이야기를 하고 있습니다.

아마도 저를 찾아오신 손님인가 봅니다.

곧이어 연세 높으시고 포스가 확~ 느껴지시는 깔끔! 정갈! 할아버지 한 분이

팔뚝에 붕대를 감고 들어오십니다.

인사를 나누고 시원한 음료를 드리니

그 노신사분은 어제도 그제도 2시에 저를 찾아오셨으며

오늘도 밖에서 제가 나오기를 기다리다 지쳐 실례를 무릅쓰고 들어오셨답니다.

한 번도 뵌 적이 없는데

그리 기다리셨다니

무슨 일이냐고 여쭈어 보니

장~ 장~

한참을 본인의 역사를 이야기하십니다.

그러나

단 두 줄로 요약하면

'대전 교도소에서 오랫동안 징역 살고 나오니

한 분뿐인 어머니는 돌아가시고 맘 잡고 살아 보려 하니 도와 달라는…….'

노신사분의 역사를 듣는 내내

일자리를 드려야 되는 건지?

기거할 곳을 알아봐야 하는 건지?

할머님을 소개해 드려야 하는 건지?

염려하는 맘을 가득 품고 "네, 네……." 건성으로 응대하고 있습니다.

장구한 노신사분의 교도소 열전이 끝나갈 즈음

"그럼 제가 어떻게 해 드리면 되겠습니까?" 하니

으-캉-캉-

"오천 원만 주세요."

단숨에 모든 염려를 털어주는 노신사분의 고마운 대답에

얼른 오천 원을 가져다드립니다.

"오늘 걱정은 오늘이면 족하다."는 말씀처럼 생각해보니

염려한다고 바뀌지도 않는 일들을

요즈음 미루어 짐작으로 염려를 만들고

낑낑거리며 힘들다고 걱정을 하고 있는 저를 봅니다.

말씀으로 만물을 붙드시며
공의이신 그분이 하나님 우편에 앉아 계셔서
나를 향해 항상 중보하시는
예수님을 묵상합니다.

이제,
사단이 주는 염려와 걱정을 거부하기로 결단합니다.
예수로 인해
모든 염려 가운데서
나는 구별된 자입니다.

소명

진노와 사랑

30여 년 전
막 유치원을 열어
열정적으로 유치원을 운영할 때의 일입니다.

매일 아침
목사님을 모시고 와 교사 전체 예배를 드리고
아이들 하원 후엔 완벽한 내일 수업을 위해 교사와 학부모를 대상으로
밤늦도록 유아교육 강의와 실제를 가르쳤습니다.

아이들은 차고 넘치고
매일 할 일은 태산인데
어느 날,
종교가 다른 교사들과 학부형님들이 반기를 들었습니다.

교사들은

신앙은 자유고 아침예배 때문에 출근시간 20분씩 당겨지는 것과

이론과 실제를 병행하려는 충실한 수업은 너무 많은 시간을 요하는 것에

학부형님들은

수업내용 중 일주일에 한 번 드리는 예배와

매일의 시작과 끝의 기도, 감사기도, 기독교식 절기행사 등에

또 아이들의 수가 많다 보니

안전사고 우려에 대한 대책과 해결 등

저는 지쳤으며 힘들었고 외로웠습니다.

평탄한 원 운영을 위해

타협을 해야만 했습니다.

매일 하던 교사 예배도, 강의 시간도 줄이고

아이들 숲 산책과 예배도 줄였습니다.

그저 흔한 유치원을 닮아가면서

제 생각 안에선 현실과 소명이라는 전쟁이 시작되었고

위로 받고 싶은 나날이 이어졌습니다.

그때 원장 입장에서의 교사, 학부형, 아이들에 대해
공동의 관심사가 있는 유치원 원장님들과의 만남이 시작되었습니다.

연배 높으신 원장님들께서는 오랜 연륜으로 많은 경험과 명쾌한 답을 가지고 계셨고
그런 선배 원장님들과 함께하는 시간이 차츰 위로가 되었습니다.

원장님들도 저와 똑같은 긴장, 스트레스, 외로움을 가지고 계셨고
그분들은 쇼핑으로, 여행으로, 치장하는 것으로,
음식나누기, 운동 등으로 출구를 찾고 계셨습니다.
순수하고 젊은 원장이었던 저는 단숨에
연배 높으신 원장님들이 놀이에 끼워주는 1순위가 되고 인기 짱이 되었습니다.

처음으로 세상 놀이에 참여하게 된 저는 너무 재미있어서
출근하면서도 오후에 재미있게 놀 생각에
발걸음을 재촉하곤 했습니다.

그러던 어느 날
그날도 전날의 여흥으로 피곤했고
또 오늘 오후 만남을 예약하는 전화가 오가는 시간에

한 통의 전화가 왔습니다.

"불났어요! 유치원 산에 불이 났다고요!"

제가 처음으로 개원한 유치원은

건물과 산이 이어진, 아름다운 숲 속 유아학교였고

저는 2층 내실 뒷문과 산을 이어지게 하는 다리를 놓아

동물원도 만들고 산책로도 개간하였던,

아름다운 숲 유치원이기도 했습니다.

불이 났다는 다급한 말에

나무 타는 냄새를 가르며 한걸음에 2층으로 난 숲으로 가는 문을 열었을 때

산이 무섭게 불타고 있었습니다.

2층 8개 교실 담임들에게 제가 나가면

아무도 나오지 못하게 숲 속으로 가는 문을 잠그고

아이들과 함께 대피하라 지시하곤

맨발로 불타는 숲으로 올라갔습니다.

동물 우리의 공작과 토끼와 비둘기, 닭들이

"후드득! 후드득!" 그물망 여기저기에 부딪치며 나갈 길을 찾고,

"타다닥!" 바싹 마른 낙엽이 타는 소리와 함께 불길이

빠르게 다가왔습니다.

저는 있는 힘을 다해 동물 우리의 문을 열어 갈 길을 열어주었습니다.

동물 우리를 치우는 도구들을 사용해

불이 붙은 곳에 땅을 파고 안전 라인을 만들기 시작했습니다.

불이 붙은 곳을 향해 삽으로 내리치며 불을 끄고 있던 중

단 한 자락의 바람이 제가 만든 안전라인을 훌쩍 넘어

제 등 뒤도 불이 가 붙었습니다.

어느 사이

저는 불 한가운데에서 갇히고 말았습니다.

오도 가도 못 하는 저는 하늘을 보았습니다.

제 앞에 서 있던 나무 끝에 불이 붙은 것이 보였습니다.

그때 갑자기 불타는 나무 잎사귀들 안에 진노하신 예수님의 얼굴이 나타났습니다.

털썩! 그 나무를 잡고 앉았습니다.

그랬습니다.

세상의 놀이에 빠진 나를 향한 주님의 진노셨습니다.

구별하여 살지 못했고

타협했으며

나의 소명을 뒤로하고 세상놀음을 타당화했으며

세상의 자랑, 물질의 정욕으로 얼룩진 나의 시간들에 대한

주님의 경고하심과 불타는 진노가 뜨겁게 저를 나무라고 계셨습니다.

불붙은 나무를 붙잡고 무릎을 꿇었습니다.

진정한 회개를 원하시는 주님께

온전히 나를 드립니다.

학부형과 교사와 아이들의 안전사고에 갈등하고 힘들어하는 나의 상처를 싸매시고

외롭게 서있는 나에게 업히라며 등을 내미셨습니다.

나를 어루만지시는 주님의 손길

온유와 신뢰 그리고 사랑의 손길

나의 마음을 불길보다 빠르게 회복시키셨습니다.

요한복음 14:18 "나는 너희를 고아처럼 내버려두지 않고 너희에게 다시 오겠다."

얼마간의 시간이 흐르고

눈을 떴을 때 저의 마음엔 기쁨과 생수의 강이 춤추고 있었고

산 전체를 태우고 있던 불도

거짓말처럼 흰 연기를 내며 소화되어 가고 있었습니다.

정신을 차리고 유치원 쪽을 보니

창가에 아이들과 교사들이 저를 구경하고 있었습니다.

터벅터벅 2층 복도를 지나는 저를

아이들과 선생님은 고사리 같은 손으로

우레와 같은 박수를 보내며 환영을 합니다.

1층 로비에 내려와 의자에 앉으려는데 요란한 문소리와 함께

소방대장이 들어옵니다.

다짜고짜 기록지를 꺼내 시간을 기록하더니

"누가 불을 냈나요?", "누가 불을 껐나요?"

쉼 없이 질문을 합니다.

다시 정신을 가다듬으며

제가 대답을 합니다.

"그 불은 하나님의 저를 향한 진노하심이셨고

꺼진 것은 하나님의 저를 향한 사랑하심이십니다."

"네? 어휴~ 원장님이 놀라셔서 제정신이 아니신 것 같은데

신고가 들어와 이 부근의 소방차는 다 출동했는데

산으로 진입하는 도로가 집들과 상가들로 막혀 물 호스 하나도 못 댔는데…….

어떻게 자연 진화된 것인지 어찌 되었든 다행이고 기적이네요.

예전에도 이 산에 불이 나서 차를 진입할 수 없어,

산이 거의 다 탔었거든요. 다시 산을 확인하고 차후에 들르겠습니다."

소방대장이 일어나려 하는데 다시 문이 열리고

손에 보온물병과 조그만 상자를 든

학부형 한 분이 들어오십니다.

그 주영이 어머님은

무던히도 저를 힘들게 하셨던 학부형이십니다.

주영이는 결혼 10년이 되도 아이가 없어서 1,000일을 불공드리고

태몽으로 부처님이 돌아앉는 꿈을 꾸시고 낳은 기적의 아이인데

제가 유치원에서 예배를 드리고 주영이는 예배드린 것을 집에서 찬양도 하고

제사를 지내던 어느 날엔 원장님이 우상에게 절하면 안 된다고 했다며

끝내 할아버지 제사에 절하지 않은 사건으로 인해

같은 생각의 어머니들을 규합하여 거의 매일

저를 힘들게 하셨던 바로 그 어머니셨습니다.

주영이 어머님은 보온물병의 물을 따르며

"너무 급하여 꿀도 못 타고 설탕물과 집에 있는 청심환을 가져 왔어요.

원장님 어서 꼭꼭 씹어 드세요." 하며 주십니다.

저희 유치원 길 건너 고층 아파트에서 주영이 어머니가 사시는데
저희 유치원과 산이 한눈에 내려다보이는 위치입니다.

그날도 어머니께서 빨래를 널기 위해 베란다로 나오셨다가
유치원 숲에 불이 나고
불 속에서 제가 불을 끄고
불 속에 갇히고
불 속 나무 아래 기도하고
제가 앉아 기도하던 자리부터 불이 꺼지는 것들을 모두
보셨다면서 흥분해 마지않으셨습니다.

그리고는
"원장님 믿으시는 하나님이 원장님을 보호하시고 불을 끄게 했어요.
이제는 주영이가 교회를 가도 막지 않을게요.
원장님 그간 죽을죄를 지었습니다."
하시고는
대박 웃으십니다.
"원장님, 거울 좀 보세요."

화장실로 가 거울 앞에 섰습니다.
눈썹과 이마 윗머리가 다 타고 그을리고

작은 천국 나의 아이들

옷과 얼굴은 숯검정이고 눈물과 검정이 버무려진 신데렐라 얼굴,

신었던 스타킹이 구멍이 나서 발가락이

다~ 나와 있었습니다.

그 모습을 본 순간

어찌나 웃음이 나던지 오랫동안

새 희락을 경험했습니다.

현실을 도피하려는 억지의 희락이 아닌

주님 주시는

참 기쁨과 희락

그칠 수 없는 웃음의 눈동자 속에

저를 예뻐하시며 즐겁게 무등을 태우시는 예수님을 봅니다.

되돌아가겠습니다.

주님이 저를 만드신 목적대로

죽기까지 순종하겠습니다.

"주님~ 사랑해요.

온 마음과 정성 다해

하나님의 신실한 자녀 되기 원합니다."

10여 년이 지난 지금도

아이들의 뜻하지 않은 사고로 우울해지거나

교사, 학부모님의 Claim으로 지칠 때 그 숲으로 갑니다.

그 숲엔

제가 무릎 꿇고 회개하고 회복한 불타다 남은 나무가 있습니다.

세상으로 가지 않기 위해…….

주님 안에서

기쁨과 회복을 원하기에…….

소명

당나귀와 당근

서울대공원 아기동물학교에 다녀온
5살 두 아이가 마주 보고 이야기를 나눕니다.

너 울었어?

아니

너는?

나도 안 울었어

당나귀는 안 무서워

당근만 먹잖아

그러니까 괜찮아

아까 당나귀가 당근 똥 뿌지직 했어

당근 똥에는 당근 씨가 있으니까 당근 또 나올 거지~

그러니까 당근 밭에는 당나귀가 있는 거야

아이들
얼굴을 자세히 들여다보니
얼룩얼룩 눈물자국이 있는데…….
혹시?

아름다움은 친밀감

지난해 원어민 교사 John이 본국으로 가고

올해엔 프랑스에서 온 Bibian이 원어민 수업을 하는데,

피부가 잘 그을린 갈색에다 갈색 눈과 멋진 몸매를 가진 매력적인 여성입니다.

지난해 John에게는 일 년을 만나도

아이들이 데면데면했는데

Bibian은 며칠 되지 않아도

아이들이 안기고 말을 겁니다.

아름다움의 기준이 공통분모가 있고

아름다움은 친밀감을 함께 데리고 다니는 것을…….

그 아름다운 Bibian이

아름다운 프랑스 섬 Martini로 저를 초대합니다.

비비안과 짧은 영어로 이야기를 나눌 때면

귀머거리나 벙어리가 따로 없는 듯 답답해서 원~

매일 만나는 주님과의 만남에서도
알아들을 수 없는 말을 하는 건 아닌지
저에게 하시는 말을 잘 못 알아듣고
하나님을 답답하게 하는 건 아닌지…….

집중되고 깊은
이해와 경청에 대해
생각하게 됩니다.

토요일엔 행복한 Andante로

Andante로 출근하는

오늘 토요일 아침은

차창으로 비도 아니고 눈도 아닌 어설픈 무언가가

창을 적십니다.

오늘은 제가 좋아하는

바하의 〈Toccata and fugue d minor〉를 들으며 출근합니다.

바하의 음악을 멈추고 싶지 않아

출근길을 돌아가기로 합니다.

제가 좋아하는 산책로가 있는 곳을 돌아

여유롭게 Andante로

유치원에 도착합니다.

언제나 아이들과 선생님들의 열기와 목소리로
폭풍인 유치원은 고요에 잠겨있지만
현관 등이 따뜻하게 저를 맞이합니다.

오늘 아침 등교하지 않는 딸아이가 저에게
"엄마는 언제 유치원 졸업할 거예요?" 합니다.
그러고 보니 저는 유치원만 20년도 넘게 다니고 있습니다!

닭 날개

유치원 순시를 하는데
조리실에 닭 날개와 닭 다리가
아이들 밥상에 오를 준비를 하느라
얌전히 양념을 뒤집어쓰고 있습니다.

10여 년 전 아이들 급식으로 닭 날개 튀김을 2개씩 준 날이 있었습니다.

배식을 시작하고 얼마 지나지 않아
아이의 자지러지는 듯한 울음소리와 함께
벌컥 원장실 문이 열리고
팔이 부러진 것 같다며 울고 있는 아이를
안고 계신 선생님이 서 있었습니다.

실내화 갈아 신을 틈도 없이

그 아이를 안고

차를 달려 병원으로 향하고

선생님은 우는 아이를 달래가며

어머님께 전화를 해

"진성이가 다쳐서 ○○ 병원으로 가요.

어머니도 오실 수 있다면 오세요."

우는 아이를 세 여자가 잡고 달래며

급기야 깁스를 하고

진성이 어머니는 어찌나 서운하셨던지

담임선생님의 위로의 말에도 톡톡 쏘아붙이시고

원장인 저와는 눈도 안 마주치시며

무언의 질책을 하고 계신데…….

나는 기진한 아이를 보듬으며

"진성아, 너 왜 밥 먹다 책상에 올라가 뛰었니?" 하고 물으니

"원장님~

닭 날개 2개 다 먹고 뛰면

날개가 있으니까

날 수가 있어~

닭보다 내가 무거워서 떨어진 거뿐이야."

진성이의 까만 눈망울에 아쉬움이 뚝뚝

에고~

내 새끼

그랬구나.

나와 어머니는 마주 보고 한참을

눈물이 나도록 웃었습니다.

아이들은 주관적인 생각을

미루어 예측하고 기정화하는

그리고 예측이 빗나가도

매우 긍정적으로 타당화할 수 있는

멋진 상상력을 소유한, 꿈꾸는 아이들입니다.

그 후론 지성유치원에서는

닭 날개 2개씩을 쌍으로 급식에 올리는 일은 결코 없습니다.

닭 날개 하나와 다리 하나

아니면 다리 둘.

PART 02 봄

응달

오랜만에 방문하신 손님을 배웅하며
유치원 앞뜰에 나섭니다.

쌀쌀하지만 봄 향기가 스며든 바람이라
어쩐지 맵지 않아
천천히 앞뜰을 거닐며
작은 텃밭을 살핍니다.

벌써 이름 모를 풀들과 민들레, 냉이가 올라와 있습니다.
작은 잎들과 인사하고 있는데
방과후반 선생님께서 출근하시며 저와 동행을 합니다.

제가 싹들이 넘~ 신통하고 대견하다 칭찬하고 있으려니
선생님은 제가 더 예쁘다며 저를 갑자기 폭~ 안아 주십니다.

작은 천국 나의 아이들

연세만큼 기품을 소유하셨고 눈이 크시고 아름다우신
방과후반 선생님은
항상 저를 보면 아이들에게 하듯 두 팔을 벌리시고 안아주십니다.

저는 가끔 안기게 되는 방과후반 선생님 두 팔과 포근한 품이
봄볕 같다는 생각을 하곤 합니다.
입학식, 신입생 적응수업, 교사교육과정 연수 준비로 분주한 요즘의 피곤이
봄볕에, 따듯한 선생님 품에 사르르…….

며칠 전 문서수발 하러 교육청에 들렀을 때, 작은 화단
응달에 눈이 녹고 있던 것처럼

우리 유치원 응달에도
눈이 녹고 새싹들이 행진을 시작하고 있으니
이제 곧 봄이 오려나 봅니다.

무한한 안정감과 사랑

2011 교사연수로 바쁜 오늘
막 강의를 끝내고 원무실로 들어오는데
졸업생 어머니 한 분이 꼬리를 물고 들어오십니다.

머쓱한 표정으로 포장된 무언가를 내밀고는
눈물 글썽이며
제 손을 잡으시며, 편지 한 장과 함께
거듭 감사하고 감사하다며 지성유치원을 알게 되고
지난 4년간을 보내게 되어 복이었다 하십니다.

어머니를 보내고
제 손에 쥐어진 편지를 천천히 읽어 내려갑니다.

동준이 엄마예요.

지난 4년간 우리 동준이를 건강하고 훌륭하게
키워 주셔서 너무 감사드립니다.
일한다는 핑계로 집에서보다 오히려 유치원에서
보내는 시간이 더 많았던 4년이었네요.
늘 마음에 감사함 가득했답니다.
동준이가 유치원에서 받았던 그 무한한 안정감과 사랑은
평생 삶에 있어서 가장 든든한 초석이 될 거라 생각합니다.
또한 동준이가 정말 훌륭한 성인으로 자라서
이 세상 사람들에게 많은 사랑 나눌 수 있는
마음이 따뜻하고 큰 사람으로

성장할 수 있도록 최선을 다하겠습니다.
진심으로 거듭 감사를 드리며

원장님! 늘 건강하시고 행복하시기를 기도 드립니다.

학기 중에는 작든 크든, 모든 선물을 받지 않지만
이제 동준이는 졸업을 했으니
어머니가 주신 선물을 받아 풀어봅니다.

선물로 와인이 들어 있는데
유리 와인 병에 글씨와 그림을 새겨 넣은 특별한 선물입니다.

감사합니다.
정명수 원장님

인생에 주어진 의무는 없다네.
그저 행복하라는 한 가지 의무뿐
우리는 행복하기 위해 세상에 왔지
- 헤르만 헤세 -

감사하는 마음 가득 담아 보냅니다.

2011. 2. 동준이 엄마

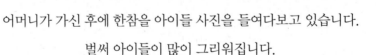

어머님의 사려 깊음이 담긴 선물입니다.
아마도 와인 병이 카드고 감사 글이고 제 이름이 새겨져 있으니
영원히 먹지는 못해 오랜 역사를 지닌 와인이 될 듯합니다.

어머니가 가신 후에 한참을 아이들 사진을 들여다보고 있습니다.
벌써 아이들이 많이 그리워집니다.

고운 미소 지으며 달려들던 개구쟁이 너희들
자꾸만 자꾸만 생각이 날 것 같단다.

작은 천국 나의 아이들

너희들이 두고 간

봄빛 같은 웃음소리들

예쁘게 접어서 원장선생님 가슴에 담아 두었단다.

너희들 고운 모습 보고 싶을 때

곱게 펼치면

봄꽃이 예쁘게 피어나겠지.

너희들 나중에 자라서 어른이 되면

봄꽃처럼 향기로운 사람이 되게

원장선생님이 가르쳐준

고운 미소 언제나 가지고 다녀야 한단다.

고운 소리 언제나 가지고 다녀야 한단다.

고운 몸짓 언제나 가지고 다녀야 한단다.

원장선생님은 너희들 푸르게 자라나는 이야기 들으며

너희들을 영원히 기억할 거야.

멋진 어른이 되면

원장선생님은 정말 행복할 거야!

2011학년도 입학식

왔다 갔다 출근준비를 하며 보는

텔레비전의 아침뉴스는

서울과 지방의 초등학교 입학식 풍경을 소개합니다.

단 1명뿐인 신입생이 있는 어느 시골의 학교.

15명의 신입생만 있는 서울의 어느 초등학교…….

기자는 30년 전에 비해 전국적으로

초등학교 입학생이 5분의 1밖에 되지 않는다고 보도하고 있습니다.

마음 한편이 쿵!

이 일을 어째…….

아이들이 없는 세상을 상상할 수 없지만

나에게

아이들은 작은 천국입니다.

언제나 뜨거운 마음으로 아이들을 바라봅니다.

움츠러드는 마음을 뒤로하고

단 한 명의 아이들이 있는 그날까지

나는 아이들의 변치 않는 선생님일 것을 다짐합니다.

오늘도 아이사랑의 소리 없는,

그러나 끝없는 도전과 사랑의 항해

지금 막!!! 시작합니다.

봄 치마

"원장님 남자예요?"

"왜?"

"바지 입었잖아요."

에구~

English Zone에서 만난 규리가

오늘 너무 예쁘게 입고 온 치마를 팔랑이며 저에게 말합니다.

새로 산 치마가 자랑하고픈 우리 규리!

"그래, 그래. 너무 예뻐 규리야~"

내 앞에서 뱅글뱅글 돌며 한껏 자랑을 합니다.

출근 준비를 하며

규리의 말이 생각나

날아갈 듯한 봄 치마를 골라 입고는

규리를 만나 원장님도 치마 입었다 이야기도 해주고

작은 천국 나의 아이들

뱅글뱅글 돌며 치마폭을 한껏 부풀려 보기도 하고

조금 늦은 퇴근시간

앗~

봄 칼바람에 치마는 휘날리고

에~구 에~구 추~워

휘리릭~ 휘~리릭 바람소리에

잔뜩 웅크린 봄 치마

아무래도 내일은 치마 속에 바지를 입을까 봐요.

유치원 기사님

기사님들이
내내 잘 자라다가 작년 겨울,
긴 한파로 응달에서 노랗게 얼어 고사한
측백들을 유치원 작은 정원에서 들어내고
알록달록 봄꽃을 심고 계십니다.

문득 땅을 일구는 기사님들 모습에서
처음 유치원을 시작할 당시,
함께 동물원을 만들고 숲길을 만들던
젊은 기사님들의 어깨 위로
20여 년의 세월이 내려 있음을 봅니다.

주름지고 검어진 얼굴들,
굳은 어깨와 왜소해진 듯한 몸…….

작은 천국 나의 아이들

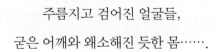

우리는 서로 거울을 보듯
변화하는 세월을 느낍니다.

한없이 부족한 제 곁에서
오랜 친구로 동역자로

각자의 위치에서 아이사랑의 사명을 잘 감당하시는
기사님들께

하나님의 풍요로움의 축복을 기원하는 아침입니다.

더딘 아이

효과적인 부모역할 훈련 강의가 있었습니다.

아이들은 기질을 타고 나는데 세 부류로 굳이 분류를 한다면
더딘 아이, 쉬운 아이, 예민한 아이로 나눌 수 있습니다.

더딘 아이에게는 시간을 넉넉히 두어 기다릴 수 있는 여유가 필요합니다.
쉬운 아이(순한 아이)에게는 잊지 말고 도와주고 반응해야 합니다.
예민한 아이에게는 화를 참아내고 절제해야 합니다.

강의가 끝난 후…….
봄바람이 아름다운 기도실 문을 열고 주님 앞에 앉습니다.
"주님! 저는 어떤 아이인가요?"

아마도 하나님 보시기에 매우 더딘 아이라 시간을 두고 기다리시느라

힘이 드실 것이라는 생각을 해봅니다.

잘 알아듣지도 못하고
기다려주고 지름길을 알려 주어도
느리게 먼 길을 돌아 알게 되는 세상일들.
머리가 나쁘면 몸이 고생을 한다는 말처럼
더디 가고, 돌아가고, 넘어지고…….

한없이 부족한 딸을 끝없이 신실하게 사랑하시는 하나님.
더딘 아이라 기다려 주시기 힘드시죠?
죄송해요, 아버지!

비록 더딘 아이지만 아버지,
온 마음 다해 사랑합니다.

오디 나눠먹기

기도실을 나서다
뒤뜰에 다닥다닥 까맣게 열매가 열린 오디나무 아래
농익은 오디가 바닥에 "후드득" 가득 떨어져 있습니다.

아이가 된 마음을 가지고 두 손으로
부지런히 따서 입속 가득 채우고
한참을 서서 새콤달콤 잘도 익은 오디를 따먹습니다.

가득 열린 오디나무에 매달려 실컷 따먹고 돌아 나오는데
모래장에서 신나게 모래 놀이를 하고 있던 제헌이가
"원장님~ 감기 들었어요? 추워서 입술이 파래요." 합니다.

어~ 화장실로 와 거울을 보니
오디에 물든 입술이 파랗게 물들어 있습니다.

에구~ 아이들도 오디 파티에 초대할 것을

나 먹기도 바빴나 보네…….

다시 돌아 나가 아이들을

까맣게 잘 익은 오디 마당으로 데리고 나갑니다.

처음 같은 마음으로

매달 아이들 칭찬상을 주는 날이라
강당에서 조회를 하는데

상 받으러 나오는 한 아이가
너무 긴장한 나머지
쉬야를 하고 멋쩍어 울어버립니다.

그러고 보니 그 아이에겐
제가 주는 상이 뜻깊고 설레고 가슴 벅찬
생애 최초의 상일 수 있다는 생각을 했습니다.

유치원 운영을 오래 하여 상을 계속 주어 와서
오늘도 그냥 타성에 젖어 형식적인 마음이었는데

작은 천국 나의 아이들

늘~ 처음 같은 마음으로

강당에서 내려오는 계단으로 내리쬐는 새봄,

따뜻한 햇살을 받으며 다짐하는 날입니다.

스승의 날 선물

10여 년 전, 어느 스승의 날이었습니다.

퇴근을 하려고 문을 나서는데

술이 잔뜩 취한 어떤 남자분이

대뜸 손에 들고 있던 묵직한 검은 봉투를 내밀며

"저~ 스승의 날이라 뭘 꼭 드리고 싶어서 낚시를 해 붕어를 잡아 왔어요.

푹 고아서 원장님 드세요."

내 손에 봉지를 쥐어 주시곤 얼른 성큼 한 발 가시더니 뒤돌아서시며

"나 원래 이런 놈 아니에요." 하시며

갑자기 닭똥 같은 눈물을 후드득 쏟으셨습니다.

그제야 그분이 정연이 아버님이라는 것을 기억해낸 나는

"그래요. 정연이 아버님 무슨 일 있으신가 봐요?" 했더니

술기운에 기우뚱 계단에 털퍼덕 앉으시며 머리를 무릎에 묻으셨습니다.

그 곁에 나란히 앉아 해가 질 때까지 한참을 말없이 있는데

작은 천국 나의 아이들

"원장님 우리 정연이가 벌써 2년째 돈을 한 번도 내지 않고 다니는데
원장님이나 선생님들이나 싫은 내색 않고 한결같이 정연이를 대해 주어 고맙습니다.
정연이 언니는 이 학원 저 학원 쫓겨 다녀 이젠 성격까지 변했는데,
그 애들 엄마도 떠나고……."

그래서 돈도 없고 속도 상하시고 하여
술을 드시며 아침부터 낚시를 해서 선물을 준비하셨던 것이었습니다.
어느새 정연이 아버님의 힘든 일들이
나에게 전달되어 말할 수 없는 탄식으로, 마음으로 울고 있었습니다.
원래 큰 원양 어선을 몇 척이나 가지신 분이셨는데

좋지 않은 일에 재산을 다 잃고 부인도 가출하셨다는…….
그날 이후 더욱 나에게 특별해진 정연이는
1년여를 더 유치원 생활을 하고 초등학교에 진학하게 되었습니다.

잠잠히 정연이가 잊힐 무렵,
바깥놀이 지도를 하시던 선생님 한 분이 저에게
멋진 세단을 가지고 오신 신사 분이 원장님을 찾으신다고 해서 나가 보니
"누구지?" 다가서며 눈인사를 나누는데
나를 찾으시던 그 손님 두 눈에 이미 그렁그렁 눈물이 맺혀져 있었습니다.
"저 원장님~ 정연이 아빠예요. 재기했습니다." 하며 반갑게 인사를 하셨습니다.
선물이라며 트렁크에서 큰 쇼핑백을 꺼내시는데

그 안에는 큰돈이 들어 있었습니다.

굳이 사양을 하자 정연 아버님께서는

다음에 정연이 같은 아이를 위해 쓰라며 부득 주시고 가셨습니다.

가시는 뒷모습에 예전 붕어 선물을 주시고 돌아서시던 그 뒷모습이 Overlap되었습니다.

정연 아버님의 힘듦이 풀어지도록 기도했던 시간들에

감사로 매듭을 짓는 기쁜 날이었습니다.

그 이후 몇 년 동안 가을이 되면 어김없이

정연 아버님의 원양어선에서 잡은 새우젓이

1년을 먹어도 남을 만큼 큰 푸른 동이로 3통씩 배달되었고

밥상에 올라오는 새우젓을 볼 때마다

정연 아버님이 멋지게 푸른 바다를 향해하시는 모습을 기쁘게 상상하였습니다.

해마다 스승의 날이 되면

검은 봉투에 퍼덕이며 들어있던

정연 아버님의 진심이 어린 선물,

붕어 선물이 생각납니다.

작은 천국 나의 아이들

원 운영자를 위한 유아교육기관 전문 월간지

edu인 에듀인

Vol. 4

07

2009

에듀인은 에듀케이션(education)과 인(in)의
합성어로 '교육속으로' 라는 의미입니다.
또한 에듀人은 '교육자' 라는 뜻을 내포합니다.

유아음악교육
'오카리나'

특집
원홍보는 1년 365일 동안
이루어져야 한다

유아독서교육
오감을 통한
재미있는
독서활동

벤치마킹
다른 원 둘러보기

외모도 경쟁력이다
메이크업 레시피북
매일 매일 변신하는 상황별 화장법

창작동화 '노란색 나비우산'
가정통신문 더운 여름 재충전의 시기를
가지세요
학부모감성 자극 메시지

땡칠이

투표를 마치고

18년 된 우리 집 강아지 땡칠이와 산책을 합니다.

5월이 지나 6월에 들어선 신록은 푸르름이 더합니다.

여유로운 산책이 좋았던지 우리 땡칠이는 웃고 있습니다.

저도 땡칠이가 행복하니까 행복합니다.

가벼운 걸음으로 산을 타면서도 내내 뒤돌아보며

제가 잘 오고 있는지 뒤돌아보는 우리 땡칠이

제가 늦는다 싶으면 곁으로 와 채근을 하듯 뒤서거니 합니다.

누가 보호자인지 모르겠습니다.

일상에서는

매 순간이 책임져야 할 사람들과 일들에 치여서

돌보고 뒤돌아보고 챙겨야 했는데

오늘 땡칠이의 Escort를 받는 느낌

행복 만땅!!!

109
•
봄

봄 상담

오늘은 봄 학기
전체 부모 상담일입니다.

차도 준비하고
떡도 하고
꽃도 준비하며
반가운 어머님들을 기다립니다.

속속 웃음 띤 얼굴로
마당을 들어서시는 어머님들이 보입니다.

낑낑, 멋진 외부용 바람개비를
어디서 났다며 들고 오시는 유치원을 제 집처럼 아끼시는
재민, 서영 어머니.

작은 천국 나의 아이들

다음 주면 셋째를 낳으실 예정이신데
그 무거운 몸을 아끼지 않고 시간 맞추어 상담 오신
혜주 어머니.

저의 유치원에 보내시고자
이사를 하신 고마우신 온유, 은총, 영광 어머니.

상담에 방해가 될까,
할머니를 모시고 와 아이들을 보게 하시며
선생님과의 상담을 존중하시는 어머니.

팔 년째 큰아이와 작은아이를 거쳐 셋째를 보내시는
어머니.

기도실에서 기도를 마치고
엄숙한 얼굴로 나오시는 아버님.

지난번 등원 때 아이 따라 교실로 들어가다
저한테 '안 된다' 싫은 소리 들으시고도
다음날 예쁜 글씨 편지와 초콜릿을 보내주신 성품 좋으신 형준이 어머니.

아기 낳은 지 몇 날 안 되었는데
곱게 화장을 하고 성의를 다하시는 수아 어머니.

저는
그 어여쁘신 어머님들이 감사해
정성을 다해
차와 떡을 내며 오랜 친구처럼 담소를 나눕니다.

모두
저를 보고 반가워하시고 웃으십니다.
저는 참!! 행복한 유치원 원장입니다.

작은 천국 나의 아이들

학예 발표 리허설

2011년, 일 학기 부모님 초대

"장맛비 속 굴린 감자와 빙수가 있는 학예 발표회 리허설"을 하고 있습니다.

강당 문 쪽에 서진이가 쑥스러운 표정으로 몸을 비비 꼬며 서 있습니다.

어! 서진이는 오늘 인형극 보러 가는 반인데~

아마도 늦게 등원해서 제 반 아이들이 없으니

저를 찾아 리허설하는 강당으로 올라온 것입니다.

멀리서도 서진이를 보는 나의 마음이

사랑 쿵~ 합니다.

아주 천천히 그렇지만 당당하게

서진이가 저에게 빙그레 웃음을 지으며 다가옵니다.

2년 전 아주 깐깐하고 질문이 매우 많은 어머님 한 분이

유치원에 수차례 방문하시고

동네 모든 유치원을 다~ 순회하시고 저희 유치원에

서진이와 세윤이의 입학 원서를 쓰시고는

아이들을 보낸 그날부터

어찌나 담임교사와 부장교사, 차량기사, 원감 샘을

긴장하게 하는지…….

이야기 들어 보면 아무 일도 아닌 일을

아주 크게 보시고는 "이렇고… 이러니… 이리해 주세요."를 주문하시고

여러 차례 청하시던 원장 면담이 한 번 시작되면

저녁 5시에 시작해 밤 10시가 되어야 끝을 내시던 어머니~

6개월이 넘어서야 지성유치원을 믿으시고 열혈 팬이 되셨는데

어느 날 갑자기 아이들 삼촌이 오셔서는

아이들 엄마가 암 말기로 수술을 하셨고 아이들을 당분간

할머니 댁에 맡기셔서 아이들을 볼 수 없다는 말을 전합니다.

갑자기 힘드실 것 같은 어머니를 생각하니

기도를 멈출 수 없었습니다.

인편을 놓아 책도 보내드리고 편지도 올렸건만

기도할 때마다 아이들 생각에 마음을 놓을 수가 없었습니다.

곧 아이들은 유치원으로 돌아오긴 했지만

아이들의 엄마는 돌아오지 못하셨고

아이들 아빠가 아이들을 아침에 데려다주게 되었습니다.

저의 얼굴을 마주칠 때면 어김없이

하나의 표정도 없는 얼굴에서 왕방울 같은 눈물을 뚝뚝 흘리십니다.

저는 "가슴이 찢어지는 것 같다."는 말을 이해하는 순간을 맞이한 것입니다.

다음부터는 아버님이 오실 시간이 되면

맛있는 음식을 준비해 마중을 합니다.

짧은 순간이라도 슬픔이 찾아오지 않도록…….

그날부터 서진이와 세윤이는 유치원에서는 저의 아들딸이 되었습니다.

뭔지 모를 슬픔에 기가 죽어 있는 아이들을

기쁘게, 행복하게

포근한 사랑을 느끼게 해 주는 엄마가 된 것입니다.

저의 과장된 표현에 낯설어하던 아이들이

1년이 되어가는 이제는 멀리서도 저만 보면 빙그레 웃으며

내 품을 파고듭니다.

오늘도 내 품에 안긴 서진이!

작은 천국 나의 아이들

푹 엉덩이를 깊이 묻지 않고 어정쩡 발에 힘을 주고 있습니다.

"왜? 서진아?"

"원장선생님 다리 아플까 봐요?" 합니다.

"아니 멋진 우리 서진이는 하나도 안 무거워!

그리고 원장 샘은 태권브이 무쇠다리야." 하니

제 다리를 손가락으로 꾹 눌러 보고는

아까보다 더 발에 힘을 주는 서진입니다.

PART 03 가족

절제함의 이유

딸아이가 알바한 지 거의 2년이 되어가는 피자집에서
회식이 있었습니다.

피자집이 마감 시간이 10시 30분이니 정리를 하면 11시가 넘고
회식을 하면 너무 늦어질 것 같아
딸아인 그간 회식을 할 수 없었습니다.
늘 "다른 아이들은 다 회식도 하고 노는데 나만 못 하게 해." 하며 불만이 많았습니다.

오늘은 큰맘 먹고 '사람들과 어울리는 것도 세상을 배우는 것이야.' 속으로 다짐하고는
절대 불가하는 남편의 반허락을 받아내
밥만 먹고 온다는 다짐을 받고 딸아이의 회식을 허락하여 주었습니다.

12시가 넘자 맘이 불안하고 온통 흉악한 생각만 떠올라
아이에게 전화를 걸어 "마무리해라. 엄마가 데리러 지금 간다." 하고는

옷도 갈아입지 못하고 쌩~

차로 아이가 있는 장소에 당도합니다.

중심 상가엔 젊은 아이들로 넘치고

대낮처럼 환한 거리엔 사람들이 술렁이니

"아직 시작인데 엄마가 왔고 아무도 그러지 않아."라는 딸아이의 볼멘소리를 들으며

어휴~ 그래도 어쩌니

엄마는 아직도 네가 아기처럼 느껴지니

집에 돌아오는 차 안에서는 급기야 훌쩍이고 울며 불만을 토로하는 딸아이

"여행도 못 가게 하고

MT도 못 가게 하고

회식도 못 하게 하고

밤 10시가 통행금지 시간이고

다른 아이들이 내가 마마걸인 줄 안단 말이야.

나는 나를 지킬 수도 있고 위험한 상황을 피할 수도 있어요."

딸은 자신을 지킬 수 있다고 하지만

내 눈엔 꽃보다 아름다운 딸을 내어놓고는 아무것도 할 수 없으니…….

집으로 돌아오자마자

쌩~

딸아이는 제 방으로 들어가 "꽝" 문을 닫아겁니다.

꽝 닫힌 문처럼 딸아인 엄마를 이해 못 하는 겁니다.

이걸 어쩌지.

딸아~ 그래도 안 되는 것은 안 돼.

다른 아이들이 다 그래도 너는 특별한 엄마를 만났고

온전함과 존귀함을 위해 절제하는 것들을 이해하는 날이 있을 거야.

울다 잠든 딸 생각에 잠을 이루지 못하는 밤입니다.

작은 천국 나의 아이들

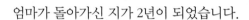

엄마의 유언

엄마의 카네이션을 따로 사서 유치원 마당 한편에 심습니다.

엄마가 돌아가신 지가 2년이 되었습니다.

병이 깊어지기 전

저에게

"이제 너도 일만 하지 말고

친구들도 만나고 놀기도 하고 편안하게 시간을 보내렴."

엄마는 평생을 일을 하시면서도

곧은 성품과 검소함과 겸손함을 잃지 않으신 훌륭한 여성이셨습니다.

언제나 긍휼한 마음 가운데 이웃을 향해 어머니의 것을 나누시고

마음 다함을 잊지 않으셨던.

그러나 그런 강한 엄마였음에도
살아오신 삶에 대해 후회스런 부분을 저에게 조명하시며

"엄마처럼 살지 말고 그만큼 했으면 되었으니, 이젠 너만을 위해 시간을 보내라.
놀 수 있을 때 놀고 싶을 것을 미루고 일만 하다 이제 막상 아프고 보니 후회가 많다."

당부하시면서 올케언니에게 일밖에 모르는 딸을 염려해
명수가 놀 수 있도록 네가 좀 도와줘라 했다고 합니다.
언니는 엄마가 돌아가시자 골프 세트를 저에게 선물합니다.

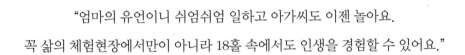

"엄마의 유언이니 쉬엄쉬엄 일하고 아가씨도 이젠 놀아요.
꼭 삶의 체험현장에서만이 아니라 18홀 속에서도 인생을 경험할 수 있어요."

시어머님의 숙제를 잘하시는 올케언니의 착한 마음 감사해!!
엄마의 유언이니 공 치는 연습을 하고 필드로 나갔습니다.
아~~ 그런데 왜 이리 공이 제 말을 안 듣던지!

눈코 뜰 사이 없이 바쁜 삶의 현장에서 살다 보니 유유한 공놀이가 너무 심심하고
재미없고 갑자기 의미가 없어져 처음 머리를 올리러 간 필드에서
공을 따라다니다 말고 엄마를 부릅니다.
"엄마~ 엄마가 안 놀아 봐서 모르시죠? 노는 것은 재미가 없답니다."

다시 일터로 돌아온 나는 엄마의 작은 복사판이 되어 정신없이 일을 하며
분주히 지냅니다.

하지만 일에 지치거나 실타래처럼 엉킨 일 앞에 무기력할 때
엄마의 유언대로 '놀아야 하는 것이지' 종종 생각을 하곤 합니다.

며칠 전엔 온누리교회 우리 순 가족과 봄나들이에 가서
앞으로 남은 생을 어찌 살아야 하는지 연배 높으신 순 어르신들께 여쭙니다.
어르신 중 제가 존경하는 한 분이 제게 오늘 메일을 보내 오셨습니다.

저녁식사 하면서 말씀 나누던 중에
집사님의 50세 이후의 삶에 대한 질문을 받고 저도 저의 50대를 생각하였습니다.
인생 50이면 지천명(知天命) 나이입니다.
이 고개를 넘으며 지난날을 한 번쯤 살펴보는 것은 대단히 중요한 일이라 생각합니다.
지난 세월을 되새겨 보고 다가올 30년(이제 수명이 길어 80세까지 활동이 가능하기에)을
한번 설계하여 보는 것은 대단히 중요한 일이라 믿습니다.
30년의 이정표를 우선 설정하고 지난 삶에서의 얻은 교훈과 경험을 토대로
자신의 강점 즉 핵심역량(CORE COMPETENCE)을 찾아
그것을 토대로 하여 방향을 설정할 때에 경쟁 사회에서 승자가 될 수 있으리라 믿습니다.
훌륭한 경험과 넘치는 열정이 있으신 분이니 무슨 일을 하여도 좋겠지만
현대는 치열한 경쟁 사회이니 자기장점을 극대화할 수

작은 천국 나의 아이들

있을 때 보다 더 성공의 기회가 오지 않을까 합니다.

삶에서 제일 중요한 것은 생이 다하는 순간까지 도전할 수 있는 열정이 있는 자만이

원함을 성취할 수 있다는 사실입니다.

내일을 위한 도전, 그것은 무엇보다 귀중한 재산이지요.

두서없이 적어 보았습니다. 조금이라도 도움이 되었으면 큰 기쁨이겠습니다.

그래요~

언제나 독수리 날개 치듯 새 힘을 주시는 주님을 의뢰하며

멈추지 않는 도전과 열정을

지니고 살겠습니다.

참!!

엄마의 무언의 유언 중

병을 앓기 전 모든 여성의 숙제였던 다이어트를 주기적으로 하셨던 엄마

병이 깊어지시자

만 가지의 맛난 음식들을 드시지 못하시던 것을 보고

저와 올케언니는 "그래 다이어트란 없다. 이제 곧 먹고 싶어도 먹지 못할 때가 올 텐데

절대로 끼니를 다이어트란 명목으로 놓칠 수 없어! 우리 열심히 먹어요!"

언니와 저는 맹세를 하였습니다.

"놀아라."라는 유언은 지킬 수 없었지만

엄마의 무언의 유언, 먹을 수 있을 때 맛있게 먹기! 잘 지키고 있습니다.

엄마~ 시간이 지나면 잊힐 줄 알았는데
시간이 지나니 엄마가 점점 그립습니다!!
"엄마~ 사랑해!"

앞 서 가 는 리 더 , 그 이 름 은

유아교육
CEO

2013. 02

유아교육 원장의 패션코디네이션
신학기 원장님을 찾는
부모 상담 유형별 전략
초등학교 입학을 준비하는 학부모를 위한 부모교육 가이드
이해와 공감으로 하나 되는 **교사 오리엔테이션**

글로벌 인성 교육 무료 설명회
일정 : 2월 7일(목) 2시-4시

엄마 사랑해요

어젯밤에는 엄마의 추도식이 있었습니다.

몇 달 지나지 않은 것 같은데

벌써 3년이 지났습니다.

자식은 죽으면 가슴에 묻고

부모는 산에 묻는다는 말처럼

나도 엄마를 산에 두고 온 듯 그간

간간이 엄마를 생각하고 간간이 일상에서 엄마를 산에 두고

그렇게 세월을 보낸 것 같습니다.

돌아가시기 전, 여러 달을 호흡기에 의지한 채 말 한마디 못 하신 엄마셨는데

엄마의 임종 순간

저의 이름을 천둥처럼 부르셨습니다.

아직도 제 이름을 부르던 그 천둥처럼 큰, 엄마의 목소리가 귀에 쟁쟁합니다.

작은 천국 나의 아이들

엄마~ 난 이제 엄마가 없는 아이가 돼서

엄마~ 부를 수가 없어요.

엄마~ 미안해

엄마~ 사랑해

마지막 순간에도 나의 이름을 온 힘을 다해 부르신 엄마의

부족하고 고집 센 딸을 염려하시던 그 큰 사랑

"난 잘할 수 있어요. 엄마!

자랑스러운 엄마의 딸이 될게요!"

우리 가족

미의 평준화가 이루어진다는 50대를 맞이한 나는
최근 두려움 없이 머리를 관리하기 편하게
짧고 간단하게
중학생 단발머리로, 귀밑 2센티로 잘랐습니다.

가족의 반응은
남편은 "우리 명수는 뭘 해도 예뻐!"
아들은 "감기 편하겠어요!"
딸은 "어려졌어요!"

항상 감사하고 작은 일에도 잘 웃고 서로를 격려하고 배려하는 우리 가족
세상에서 가장 아름다운 사랑이 둥지를 틀고 있는 곳입니다.
아름다운 가족을 허락하신 하나님 감사합니다!

감사하는 마음을 가지면
마음속에서부터 반짝반짝 빛이 납니다.
그래서 먹구름이 해님을 가리고
온종일 비가 내려도
반짝반짝 행복한 마음이 솟아납니다.

감사한 마음으로 즐겁게 하다 보면
놀라울 만큼 점점 더 잘할 수 있게 됩니다.
그리고 자꾸자꾸 감사할 일이 생겨나게 됩니다.

감사로 충만한 매일을 허락하시는 하나님 감사합니다!

딸아이

해 뜨는 바다 펜션에서

딸아이가 들뜬 목소리로

전화를 합니다.

"이제 도착했어요. 비도 그쳤어요."

처음으로 친구들과 여행을 간 딸아이의 전화입니다.

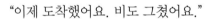

딸아인 대학 입학 후

얼마 전부터 피자집에서 피자에 토핑 올리고 설거지를 하는 아르바이트를 하는데

얼마나 열심히 하는지

지점장과 직원들이 우리 딸아이를 묶어 놔야 한다고 칭찬과 염려를 해주고

나중에 전공 살리지 않을 것이라면 그 피자집에 취직하라고 벌써 러브콜을 받고

작은 천국 나의 아이들

월드컵이 있는 날엔

주문이 많아 점심 저녁도 굶고

온종일 서서

손톱이 부러질 정도로 토핑을 올리고 설거지를 하고

새벽 1시가 넘어 집으로 와서 뼈가 아프다는 것이 무언지 이제 알 것 같다며

쓰러져 곧바로 잠들어 버리는 아이.

점심에 시켜 먹는 밥이 비싸다며 함께 일하는 알바 학생들의 점심으로

손수 그릴에 고구마를 굽고 밥을 싸 가는 딸아이.

늦은 밤 퇴근길엔 같이 아르바이트 하는 언니들이 서로 손을 잡겠다고 해서

양팔을 다 내주어야 한다고 재미있다 이야기하는 아이.

학교에 가기 위해 나서는 딸아이의 모습은

어찌나 아름답고 멋진지!!

보고 있으면 행복하고 보기도 아까운 딸아이.

나와 닮았지만 1,000배는 더 예쁘고 착한 우리 딸아이.

하나님 맡겨주신 존귀한 보물

말씀 안에서 잘 양육하여

하나님 쓰시기에 충분히 아름다운 여성으로 키우겠습니다.

아주 멀리, 아무도 알 수 없고 볼 수 없는 곳에 그 아이가 있을지라도
하나님 독수리 눈동자처럼 그 아이를 지키시고 보호해 주세요.

감사합니다.
사랑합니다.
보물을 부족한 제게 맡겨 주신 하나님!!

땡칠이 형과 엄마

보고만 있어도 행복한, 세상에서 제일 착하고 멋진

우리 땡칠이가 아픕니다.

방년 18세인 우리 강아지는

이가 다 빠지고 없는데

마지막 남은 어금니 두 개가

벌써 몇 년째 말썽입니다.

잇몸이 붓고 염증이 생기고

그럴 때마다 우리 땡칠이는 먹지도 못하고 잠만 잡니다.

온 가족은 그런 땡칠이 걱정 때문에 덩달아 밥을 먹는 것이 죄스럽고

혹시 땡칠이 잠을 깨울까 살금살금 조심을 합니다.

18년째 우리 땡칠이 주치의이신 오동물병원 원장님께서는

땡칠이가 너무 늙어 마취하고 이를 빼거나 치료한다면

작은 천국 나의 아이들

영영 깨어날 수 없을 수도 있기에
그때그때 항생제로 급한 불만 끄고 있습니다.

어제도 땡칠이의 이 때문에 병원에 가야 하는데
저나 남편이 각자의 송년회로 병원 마감시간을 지킬 수 없어
전화를 합니다.

"오동물병원이죠? 저 땡칠이 엄마예요. 몇 시까지 병원에 원장님 계실 거죠?"

"8시요. 근데 땡칠이 엄마께서 오신다면 좀 더 기다려 드릴게요."

어떻게든 땡칠이를 병원에 데려가려고 모임에서 눈치를 봤지만 실패!

시간은 자꾸 가고 초조해진 나는

아들에게 전화를 해 땡칠이를 따뜻하게 싸서 콜택시를 타고 가도록 부탁을 합니다.

저는 다시 병원에 전화를 해서 의사 선생님께

"땡칠이 엄만데요. 아무래도 저는 시간을 맞출 수 없어

아들이 가기로 했어요. 좀 더 기다려 주실 것이지요?" 하니

의사 선생님 대답은

"아~ 네. 땡칠이 형이 온다고요?" 합니다.

저는 땡칠이 엄마고

아들은 땡칠이 형으로

가족 이외의 사람으로부터 자타 공인받은 날입니다.

땡칠이가 아프지 않고 오래오래 우리 가족 옆에서

행복하기를 기도하는 날입니다.

작은 천국 나의 아이들

엄마에게 천사를 보내주세요

10여 년 전,

어느 날 학교에서 돌아온 초등학생 아들이

"엄마 나 우리 학교 과학상에서 형님들을 다 이기고 제가 1등 했어요."

담에 학교 대표로 올림피아드 과학 대표로 나가야 한대요."

"그래 잘했네." 하며 무심히 흘려버렸는데

한참 뒤 "엄마 나 수원 대항대표로 나갔는데 내가 1등 했어요."

"그래 잘했네." 하며 또 무심히 넘겼는데

어느 날 경기도 대표로 나가게 되어

엄마가 서울에 있는 과학고에 데려다주어야 한다고 합니다.

아들은 항상 제 엄마, 아빠가 바쁜 것을 알기에

미안하던지 수원이면 제가 알아서 찾아갈 텐데

"어떻게 해요. 나가지 말까요?" 합니다.

꼭 가고 싶어 하는 애원과 미안함을 담은 아들의 눈동자에 왈칵 눈물이……

작은 천국 나의 아이들

"아니, 아니. 아무리 엄마가 바빠도 그날은 꼭 너를 데려다주고 데려올게."

철석같이 약속을 하고

전국 올림피아드 과학대회 전날,

유치원 2곳 원감선생님들께 세세히 지시를 하여 제가 하루를 비워도

탈 없이 유치원이 돌아가도록 조치를 하고

대학 강의도 대강을 아는 교수님께 부탁을 하고

딸아이가 혼자 있을 저녁을 생각해 앞집에 부탁도 하고

아침 일찍 아들과 올림피아드 과학경시대회 갈 준비를 합니다.

차에 아이를 태우고 정말 오랜만에

아들과 단둘이 시간을 갖게 된 나는 흐뭇해하며 시험을 보러 가는데

전화벨이 울립니다.

유치원에서 아침 첫 등원 차에 아이를 태우다 사고가 난 것이었습니다.

다급한 차량지도 선생님의 전화, 기사의 전화, 원감선생님의 전화…….

갑자기 서울로 가는 차 안의 상황은 전쟁터가 되었습니다.

저는 자세한 보고를 듣고 처리상황의 중계방송을 들으며

정신을 가다듬으며 옆에 있는 아들을 봅니다.

아들은 잔뜩 주눅이 들은 채로 제 눈치만 살핍니다.

저는 아들을 데려다주어야 하는지, 유치원으로 가야 하는지…….

"주님! 저는 어떻게 하나요?"

그때 제가 유치원 일을 처음 시작할 때

하나님이 제게 주셨던 말씀이 번개처럼 마음으로 들어왔습니다.

"네가 나의 일을 한 가지 할 때 나는 너의 일을 백 가지, 천 가지 이루겠다."

저는 기도하기 시작했습니다.

하나님 찬욱이를 하나님께 맡깁니다.

과학고등학교에 가는 길과 종일 시험 볼 때,

저 아이를 독수리 눈동자처럼 돌보아주세요.

"찬욱아~ 하나님이 이제 엄마 대신 너를 보호하시고 시험 내내 너를 지키실 것이다."

아이는 고개를 끄떡입니다.

"꼭 기도하고 시험을 보고 어떤 순간이 와도 하나님께 감사를 드려라." 하며

급한 당부의 말을 마치는데

신호등에 걸려 멈춘 차들을 보니 바로 제 차 앞에 빈 택시가 있습니다.

"찬욱아, 어서 내려." 아이는 엉겁결에 내리고

저는 택시기사님 쪽의 문을 열고 다짜고짜

"이 아이를 과학고까지 데려다주세요. 택시비는 여기 있습니다."

제가 기사님과 이야기를 마치기도 전에 아이는 기사님 옆에 앉아, 나에게

"엄마 잘하세요. 내가 유치원에 먼저 하나님이 가시도록 기도할게요."

신호가 바뀌고 저는 불법유턴을 과감히 하며 유치원으로 쌩~ 달립니다.

이제 제 머릿속에는

아들도, 올림피아드 과학경시대회도 이미 다~ 날아가 버렸습니다.

신호도 무시하고 쌩쌩 달려 유치원에 도착해 상황을 파악하고

병원으로 갑니다.

작은 천국 나의 아이들

작은 병원에서 큰 병원으로 옮기고

학부형님이 오시고

다친 아이의 양가 조부모님 네 분이 순차적으로 놀라셔서 병원으로 뛰어오시고

어찌나 부모님과 양가 조부모님들이 저와 선생님을 원망하고 쏘아 대시던지

차량지도 선생님이 그 와중에 정신을 놓으시고

아이의 외할아버지께 뺨까지 맞은 그 가련한 선생님은

혼절하신 상태로 입원까지 하고 기사는 자신의 잘못이 아니라고

울고불고 찡찡대며 저를 따라다니고

급기야 공처가로 소문난 기사님은

실시간 부인에게 전화로 상황을 중계방송을 하시던 차

기사님 부인까지 병원으로 오셔서는 학부형님과 왈가불가 따지고 얼굴을 붉히고

저는 어쩌지도 못하고

한순간 큰 싸움이 날 뻔한 순간,

제가 나섭니다.

두 무릎을 기사님과 학부형님들 사이로 가 꿇고

"아닙니다.

다~ 저의 부덕함으로 일어난 일이니

어떤 결과가 나와도 제가 모든 책임을 질 터이니 기사님도 학부모님도 이제 진정하시고

아이만을 생각하며 잠시 기도하는 마음으로 기다려 주세요.

모든 잘못은 제 탓입니다. 그러니 제발……."

정신이 하나도 없이 하루가 저물었습니다.

다행히 사고를 당한 아이는

병원에서 할 수 있는 모든 검사를 마친 결과 놀란 것과 찰과상만을 진단받았으며

학부모, 조부모, 기사 모두가 부산을 떨고 포악을 떨었던 것을

서로가 서로에게 사과함으로

혼절한 차량지도 선생님도 퇴원시켜 집으로 무사히 모셔다 드리고

그날의 사고의 해프닝이 막을 내렸습니다.

점심도 저녁도 먹지 못해 허기를 느끼며

어둠이 내리고

습관처럼 집 현관문을 열려고 하는데

앗! 찬욱이

그때서야 아들이 서울에 있고

저는 일이 수습되는 대로 갈 수 있으리라 생각했었는데

혼자 있을 딸아이를 데리고 아들을 찾으러 가야 한다고 생각하고는

집 문을 열었는데

불도 켜지 않은 거실 바닥에 아들이 누워있었습니다.

순간 깜짝 놀라 불을 켜니

아들이 늘어져 기어가는 소리로 고개만 쳐들며 "엄마~" 하는데

온통 얼굴은 꼬질꼬질 검정이고 입술이 부르터 불거진 모습을 하고

기진하여 누워있었습니다.

작은 천국 나의 아이들

"찬욱아, 미안해."

입술을 꼭 물고 참아도 멈출 수 없는 뜨거운 눈물을 느끼며 아이를 말없이 안습니다.

아들은 힘없는 손을 뻗쳐 제 등을 토닥이며

"엄마 기쁜 소식부터 말할까요? 슬픈 소식부터 말할까요?" 합니다.

"아니 아무 말도 안 해도 돼."

그때 전화벨이 또 울립니다.

남편의 전화인데 오늘이 큰집 셋째 동생의 결혼식이

서울 유명 호텔에서 저녁에 있는데

저는 그 와중에 깜박한 것입니다.

이미 서울이 직장인 남편은 가 있는데 저는 잊어버렸던 것이지요.

상황을 알 리 없는 남편은 노발대발하고

저는 앞집에서 놀고 있던 딸아이와 아들을 데리고

도저히 서울까지 운전할 기력이 없어

택시를 대절해 서울호텔로 갑니다.

찬욱이는 택시 안에서 저의 손을 꼭 잡고

이야기를 시작합니다.

"과학고등학교에서 내려서 사람들이 가는 곳을 따라가서 시험장으로 갔는데

라디오를 조립하는 실제가 오전시험이었고 점심 후에 이론을 시험 보는데

내가 자리를 찾아 들어가자 막 시험 종이 울렸는데요.

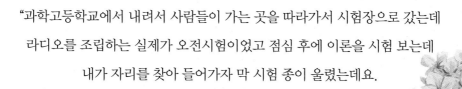

그때서야 택시 안에 실제도구 가방을 놓고 내린 것을 알게 되었어요.

그래서 손을 들고 시험감독 선생님께

'도구를 차에 놓고 내렸어요.' 했더니

그럼 학교 고등학교 형님들이 쓰는 도구 중에서 찾아오라고 하셨는데

선생님은 감독을 하셔야 하니까 나 혼자 알려준 과학도구실로 가는데

시험 보는 건물이 아니고 다른 건물이고

너무 멀고 어딘지 모르고 시간이 자꾸 가……. 그래서 엄마 말대로 기도했어요.

'하나님 나를 도와주세요.'

그랬더니 어떤 선생님이 복도를 지나시다가 그 방을 알려 주시고

'너의 맘대로 필요한 것을 찾아라.' 하시는데 제가 원하는 것을 찾느라 시간이 또 가고

좋은 것이 없고 다 망가진 것들이라 그중에서 눈에 들어오는 것을 잡고 시험장으로

달려서 왔지만 시간을 이미 50분도 더 지났고

'남은 1시간 10분 동안 라디오를 조립하려면 큰일 났다.' 생각이 되었어요.

그래서 하나님께 먼저 기도를 했어요.

'하나님 제가 라디오 회로도를 지금부터 집중해서 5분간만 보겠습니다.

내 머리 안으로 5분 동안 모든 회로도를 외울 수 있도록 저를 도와주세요.'

다른 아이들은 이미 반이나 다 조립했으니

내가 회로도를 보며 한다면 끝까지 마칠 수 없어요.

기도를 마치고 회로도를 접어 서랍에 놓고 머리 안에 있는 것으로 빠르게

제 것도 아닌 무딘 도구로 납땜하고 있고

제가 옆도 돌아보지 않고 막 끝냈을 때 시험을 마치는 종이 쳤어요.

엄마, 나는 아주 완벽하게 조립을 했고

다른 어떤 아이들 것보다 소리도 채널도 모두 정확하게

라디오의 기능이 멋지게 완성된 것을

시험감독 선생님이 테스트하시며 거둘 때 알게 되었어요.

단 5분 만에 모든 회로도를 외운 것을 그때야 알았어요.

하나님은 정말 놀라우세요.

실제 시험을 끝내고 점심시간이 되었는데

엄마가 혹시 왔을까 봐,

학교 높은 단상 위에 가서 사람들 사이를 살피며 엄마를 찾고 운동장을 돌고

운동장에는 전국 학교 대표로 뽑혀온 아이들의 부모들과 곳곳에서

저마다 자신의 아이를 먹이려고 고기를 굽고

도시락을 먹고 축제 분위기였는데

저는 배가 고팠지만 엄마가 오면 나를 못 찾을까 봐,

높은 곳에서 문을 살피고 운동장을 돌았어요."

아들은 점심시간 내내

운동장을 돌며 제가 오기를 기다렸던 것입니다.

어느새 시간이 되어 필기시험을 보게 되었는데

"자꾸 배에서 소리가 나고 손이 떨려서 같이 시험 보는 아이들에게 방해가 될까 봐,

저는 또 기도했어요.

'하나님, 배에서 소리가 나지 않게

그리고 아는 것을 다 쓸 수 있게 그리고 엄마에게는 천사를 보내주세요."

시험을 마치고 과학 천재들을 위한 환영의 파티로 무대가 마련되고

신나는 춤과 노래 과학사의 영상 등 과학 천재들과 가족을 치하하는 파티가 열리고

드디어 발표의 시간이 되었지만

아들은 아무리 기다려도 오지 않는 엄마를 포기하고

이제 돈도 없고 집에 갈 방법도 모르니

'하나님. 제가 집에 갈 수 있도록 도와주세요.' 기도를 하며 혹시나

그 많은 사람 가운데 자기를 아는 사람이 있으면 도움을 청하려고

일부러 무대 앞에서 왔다 갔다 했다고 합니다.

그랬는데 정말 언젠가 본 듯한 아줌마 한 분이 보여

다가가 상황 이야기를 하며 저를 수원에 데려가 줄 수 있느냐고 부탁했더니

흔쾌히 "그러마." 하셨답니다.

아들은 쇼가 진행되어도

혹시 그 아줌마를 놓치면 집에 갈 수 없다고 생각해서 꼭 붙어 있었다고 합니다.

쇼가 끝나고 발표의 순간, 아들은

온통 그 아줌마를 놓치지 않으려 아줌마 윗도리를 살짝 잡고 있었는데

갑자기 그 아줌마가 아이 가슴에 붙여진 수험표를 보고

"애, 네가 경기도 대표 한찬욱이니?"

"네."

"얼른 단상으로 나가라, 네가 전국 1등을 했다. 너를 단상에서 부르지 않니?"

"네? 제가 1등이에요?"

작은 천국 나의 아이들

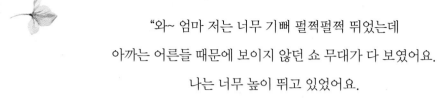

"와~ 엄마 저는 너무 기뻐 펄쩍펄쩍 뛰었는데
아까는 어른들 때문에 보이지 않던 쇼 무대가 다 보였어요.
나는 너무 높이 뛰고 있었어요.
뛰어 나가는 내내 '하나님, 감사합니다.' 했어요."

그리고 이름도 알 길 없는 고마운 그 아줌마는
아무런 대가도 없이 우리 아이를 집 앞까지 데려다주셨고
아이는 부모나 백 사람의 응원보다
하나님을 전심으로 의뢰함이 얼마나 놀라운 일인지

알게 된 기념의 날이 되었습니다.
아이의 무용담이 끝날 즈음
우리를 태운 택시는 서울 호텔에 도착하였습니다.
헐레벌떡 식장으로 갔는데
아~
너무 늦어 연회도 끝나고 음식도 전부 치워지고
저와 찬욱이는 점심도, 저녁도 먹지 못한 퀭한 얼굴로
시어머니를 복도에서 만났는데
화가 잔뜩 나셔서
"니네들 그 꼴이 뭐니?
내~참 다 끝날 때 나타난 것도 모자라서 망신이 따로 없다.
남세스럽다. 앞에서 왔다 갔다 하지도 마라."

오늘의 그 무용담을 말할 시간도, 말할 기력도 없는 우리 모자(母子)는

어머님의 찬바람에도

다들 우아하고 멋지게 차려 입은 사람들 사이에서도

하나도 기죽지 않고 당당하게!!

꼬질꼬질 닮은꼴인 우리 모자는

두 손을 꼭 잡고

어머님의 섭섭한 말에도

하나도 노엽지 않고 기쁘기만 했습니다.

남편과 늦게까지 영업을 하는 설렁탕집을 찾아

우리 모자는 남편과 딸아이가 지켜보는 가운데

한 그릇씩 밥을 말아 남김없이 뚝딱!

"엄마, 이렇게 맛있는 설렁탕은 처음이에요." 하는 아들!!

"나도, 찬욱아!"

남편의 차를 타고 수원 집으로 오는 차 안에서

우리 모자는 두 손을 꼭 잡고 깊고 깊은 단잠으로 빠져들었습니다.

금방 눈을 감은 것 같은데 집에 도착해 있었으니…….

다음날 주님과 마주한 새벽

저의 내려놓지 못한 자식에 대한 우상됨을 가르치시려

아들에게는 하나님을 전적으로 신뢰함의 비밀과

하나님의 놀라운 능력을 알게 하시려

작은 천국 나의 아이들

어제의 그 Happening을 마련하신 하나님.

그리고 저와 아들은 그 시험을 무사히 통과했으며
아버지는 내 머리와 찬욱이의 머리 위에 승리의 면류관을 씌우셨습니다.
아들과 나의 영혼은 이제 하나님의 말씀과 부딪혔으며 그 감격의 영원한 결합은
어떤 순간이 온다고 해도
하나님을 신뢰함으로 나아갈 수 있게 각인이 되었습니다.

찬욱이가 하나님의 아들이며
나는 그 아이를 잠시 맡아 보호하는 자로서
아이 옆에 꼭 붙어 있는 것만이
아이를 안전하고 능력 있게 키울 수 없다는 것을 알게 하신 하나님.
나는 이제 그 아이가 어디에 있든지 걱정하지 않습니다.
이미 아버지는 찬욱이가 빛 가운데 있는 빛의 아들이라 하십니다.
그리고 찬욱이는 자신의 아버지가 누구인지 확실히 아니까요.

그 아들이 지금 어떻게 컸냐고요?
24살이 된 하나님의 아들 찬욱이는
얼마나 멋지게 자랐는지
군인도 자진하여 일찌감치 씩씩하게 다녀오고
생명공학을 전공하는 머리도 좋은 우리 찬욱이는

얼짱! 맘짱! 몸짱!

"한찬욱~ 누구 꺼?"

"다~ 하나님 꺼!!"

키도 180이 넘고

얼굴은 저를 닮았지만 훨씬 멋진 꽃미남 아들

아휴~ 팔불출 제가 이래요!!

용서하세요~

이번 11월 28일, 추수감사절 예배에선

태어난 후 백 일이 지나기 전, 엄마 아빠 품에서 영아세례 받았던 아기 찬욱이가

진정으로 자신의 의지로 성인세례를 받게 되었습니다.

저에게는 너무나 과분한 아들을 맡기신 하나님

아버지가 저를 정말 사랑하시는 것처럼

저도 그 아이를 정말 사랑합니다.

아버지의 마음을 닮은 그 아이는

얼마나 바르고

너그러운지

배 속에서도, 태어나서도 단 한 번도 저를 힘들게 한 적이 없는 기특한 찬욱이.

그 아이가 주는 기쁨은 저를 언제나 충분하고 행복하게 합니다.

아침이면 그 아이를 위해 맛있는 아침을 준비하고
계절마다 그 아이 침상을 바꾸어 주고
아들을 앞장세워 어디라도 나갈라치면
보시는 분마다 멋지다 칭찬하는 통에 저는 우쭐합니다.

"늙은 자의 면류관은 자식이다."라는 말이 생각나는 순간입니다.
아버지~ 준비하세요.
찬욱이가 아버지의 나라를 위해 무엇을 해야 할지!!
이제 찬욱이가 아버지의 마음을 품고
세상을 위해 나아갈 준비를 하고 있습니다.

PART 04　여름

행복의 유보

해님이 잠자러 떠난 시간인데도
종일반 아이 하나가 부모를 기다립니다.

아이들의 웃음소리가 지나간 놀이터엔
달빛이 내렸습니다.
풀 죽은 아이 손을 잡고 나와 달빛과 친구 하며 놉니다.

한참을 신나게 놀고 있을 즈음
지친 어깨를 한 어머니 한 분이
아이를 데리려 오셨다 얼른 가지 못하고 아이에게 미안했던지
그냥 웃으며 아이를 지키다,
저에게 말을 건넵니다.
"오다가 참외 파는 리어카를 만났는데요.
그 리어카 옆에 온 가족이 길바닥에 앉아 맛있게 참외를 깎아 먹는 것을 봤어요.

작은 천국 나의 아이들

어찌나 부럽던지~"

"그럼, 그렇게 하시지 뭐가 문제인가요?" 했더니

"저는 사람들의 눈에서 자유롭지를 못해요.

항상 남들 눈 때문에 배고파도 먹고 싶어도 그렇게 못 해요.

저는 초등학교 때부터 지금까지 1등을 놓친 적이 없고

3년만, 2년만 하며 '언젠가는 행복해질 거야.' 하며

꾹 참고 매일 최선을 다해 살았는데

이제는 제 아들 하나도 시간 맞추어 데려갈 수 없네요.

무엇을 기다리며 왜 매일 행복을 유보하며 사는지 모르겠어요. 정말 끝이 없네요."

달빛바람이
우리 각자의 마음에 들어왔습니다.

어색한 공백에
제가 가위를 들고 나와
한참 정원에 예쁘게 핀 장미꽃 송이를 골라 자릅니다.

금세 한 아름이 된 장미다발을
어머님 품에 안겨 드립니다.

작은 격려가 되시길
작은 결단이 되시길

그래서 내일이면 행복해지시길…….

이제 우리는 공범입니다

장맛비가 잠시 그치고
햇볕이 내리쬐는 마당에

아이들이 머리를 맞대고 땀을 뻘뻘 흘리며
동그랗게 옹기종기 쪼그리고 앉아 있습니다.

다가가 "얘들아, 원장님도 같이 해." 하니
일순간 입을 꼭 다물고
놀란 눈으로 저를 동시에 올려다봅니다.
뭔가~ 반란의 느낌이
"아~ 해 봐." 제가 주문을 합니다.
아이들은 도리도리 맞춘 듯 입 열기를 거부합니다.
"선생님, 슬퍼~" 하니
여린 여정이가 "아~" 합니다.

앗!! 입속에는 개미 한 마리가 침에 젖어 납작 엎드려 있습니다.

화들짝 놀라 "안 돼. 얘들아 개미는 먹을 수 없어." 하니

한 아이가 "아니요, 아프리카 사람들은 개미가 좋은 음식이니까 먹어요.

그리고 '세상에 이런 일이'에서는 개미 먹는 아줌마도 있어요."

아이들은 그 말에 힘을 얻은 듯

"새콤해요.", "탁 터져요." 이미 먹어 치운 듯 저마다 시식 소감을 말합니다.

옹기종기 모여 있던

그 자리는 개미집이 솟아 새카맣게 개미들이 먹이를 지고 오가는 통로였습니다.

아이고~

아이들에게 제가 같이 놀자 했으니…….

개미 한 마리를 손에 잡아 저를 주려고 기다리는

여정이의 손길을 거부할 수 없습니다.

아이들이 "후~ 후~" 흙을 불어 주는 개미를

"아~" 하고 받아 입안으로 넣습니다.

이제 우리는 공범입니다.

여름처럼

흰 감자 꽃과 노란 땅콩 꽃들이 한창인 텃밭을 지나

기도실 댓돌 앞에
신발을 가지런히 벗고
주님 앞에 앉습니다.

기도실 문틈으로 짙푸른 7월의 열풍이 여름을 품고 들어옵니다.

여름처럼
강렬한 주님의 사랑이 내 몸과 마음을 감싸도록
온전히 나를 드립니다.

와~ 와~
덩더쿵 덩더~

며칠 전 유치원 3층에 개장한 수영장에서 아이들의 물놀이 환호와

장구교실의 아이들 장구 치는 소리가 어울려

마치 한 편의 신판 변주곡이

유치원과 주변 지역에 울려 퍼집니다.

수영장에서 아이들이 놀이에 빠져 신나서 내는 환호소리와

장구의 가락이 유치원과 지역의 땅들에 퍼져가듯

이곳에 주님 치리하심의 정결함이

그렇게 흘러가 지역의 땅과 사람들의 마음에 스며

주님의 나라와 그 뜻을 위해

정결케 되기를 여름처럼 기도합니다.

이젠 팬티로 통일해요

선탠 바에서 선생님께서

수영을 끝낸 아이들을 샤워시키랴

옷 입히시랴 바쁘신 것 같아,

저는 아이들 샤워를 시키고

담임 샘은 옷을 입히고

한 조가 되어 훨씬 여유 있게

아이들과 상호작용하며 즐겁게 수영 후 마무리를 도와줍니다.

한 아이를 샤워 시켜 내보내며

"자, 이제 선생님한테 가서 팬티 입어요." 하고 내보냅니다.

그런데

그다음 아이를 다 샤워 시키도록

먼저 내보낸 아이의 울음소리가 그치지 않고 계속 들립니다.

"이~~ 구 예쁜 내 새끼들" 하며 샤워 시키던 손을 멈추고 제가 나섭니다.

작은 천국 나의 아이들

선생님은 땀을 뻘뻘 흘리시며 속옷을 입히시려고 애쓰시고

아이는 입기를 거부하고 이쪽으로 내뛰고 있네요.

왜??

아까 제가 아이를 샤워시켜 내보내며 "나가서 팬티 입어요." 했는데

선생님은 샤워하고 나오는 아이에게
"자~~ 빤스 입자!" 하셨다네요.

섬세한 그 아이는 제가 입으라고 하는
팬티가 아닌 빤스를 입으라 하는 선생님을 거부하며
목에 핏줄이 서도록 "팬티 입을 거야!"를 외치며 울면서 도망 다녔던 것입니다

두~둥
아이들에게 언어를 사용함에 있어서
한순간도 방심하여서는 안 되는 이유를
한 번 더 확인하는 순간입니다

선생님께서 그 아이에게 그렇게 입히고자 들고 있던 빤스를 가져와
내 품에 조용하게 잦아든 아이를 무릎에 앉히고

"속상했지? 미안해. 미리 말해 준 적이 없어서 몰랐구나.
빤스와 팬티는 같은 것을 가리키는 말이란다." 하니
그 아인 얼른 보송보송 궁둥이를 들어
제가 팬티를 쉽게 입힐 수 있도록 도와줍니다.
"이구~ 이구~ 이쁜~ 이쁜~ 내 새끼!!"

멋쩍게 서 계신 선생님께 제가 윙크를 하며
"이젠 팬티로 통일해요." 합니다.

작은 천국 나의 아이들

좋은 밭

장대비가 내리는 창밖을 보고 있습니다.

얼마 전 유럽여행에서 간간이 내리는 비에도 우산을 꼭 챙겨드는

우리들을 보고는 유럽인들이 "It's water" 하며

이상하게 여기며 비 맞기를 즐기던 사람들을 떠올리며

우산을 버리고 맨발로 유치원 텃밭에 나갑니다.

폭신한 땅에 비가 와서 연해진 땅 위로

쑥쑥 내 작고 흰 발이 뻘밭을 걷듯 끝없이 빠집니다.

지나온 자리에는 발 모양의 물웅덩이가 만들어집니다.

고추도 따고

토마토도 따고

가지도 깻잎도 따서 광주리에 담습니다.

아이들 교실에 관찰하라고 들이밀어 주는데

흠뻑 젖은 나를 마다 않고 아이들이 다투어 안아 줍니다.
따뜻한 아이들의 숨결이 너무 감사해!!
아이들이 머리에 주님의 축복을 더합니다.

가시밭, 돌밭, 좋은 밭
성경의 땅 비유 말씀처럼
유치원 텃밭도 처음엔 진흙 밭이고
유치원 짓다 버린 폐기물로 황폐했는데
매년 양분을 주고 갈아엎어 소독하며 시간을 보내니
씨 몇 봉을 뿌려도
작은 텃밭에 수확이 풍성한 것처럼

나도
아직 버리지 못한 마음의 이기심과 게으름을
갈아엎으리라 다짐합니다.

그래서
하나님이 주신 말씀의 씨들이
천 배 만 배 결실을 맺고
온전히 드려져

나로 인해

하나님 나라와

그 의가 아름답게 결실되기를 원합니다.

야생화의 번식

잘 안 풀리는 소논문 쓰던 것을 확~ 덮어 버리고
해님이 짱짱한 한낮 텃밭으로 나가 마음을 풀어 놓습니다.

가지, 고추, 토마토…….
싱싱한 야채가 풍성하게 열려 자라고 있는
밭을 풀도 뽑고 수확도 합니다.

송골송골 맺혀 떨어지는 땀과 함께
어느새 엉킨 실타래 같던 머릿속도 씻기어 갑니다.
자연의 싱그러운 바이러스가 전염되어 갑니다.

땀을 식히려 정원 한편 그늘로 들어갑니다.
그늘 한구석에 옛 제자가 선물한 야생화 한 포기가
4년의 세월을 걸치며 보랏빛 초롱꽃을 피워 가득 번식했습니다.

작은 천국 나의 아이들

번식한 수많은 초롱꽃 속에 늦깎이 대학생이던 그녀를 떠올립니다.

강의가 끝나면 예외 없이 질문을 하고, 멀리서도 90도 인사를 하고
강의 시간엔 제일 앞자리를 고정석으로 공부하던, 들꽃처럼 강했던 그녀.

대학을 졸업하고도 어린 딸을 매번 내게 데려와
"교수님 같은 여성으로 자라게 해달라."며 나와 마주하게 했던 제자였습니다.

그녀가 4년 전 가져온 한 포기의 야생화가
수십 송이의 꽃으로 장관을 이룬 정원에서 위로를 받으며

부족한 나보다 훨씬 멋지고 큰 꿈을 이룰 수 있는 그녀의 어린 딸을 위한
비전의 기도를 올려 드립니다.

제 할 일을 잊지 않기

며칠을 비워 논 유치원 문을 열고 들어섭니다.
아이들도 선생님들도 안 계셔도
유치원 마당에서는
꽃들도 나무들도 채소들도 열심히 제 할 일을 하고 있습니다.

풀벌레 소리만이 정적을 깨는 한낮 텃밭으로 나가
비 오듯 흐르는 땀을 훔치며
아무도 보지 않아도 주렁주렁 토마토가 빨갛게 익고
고추도 줄줄이 달려 있는 흙 속을 맨발로 들어섭니다.

땅콩 노란 꽃들이 얼마나 많이 피어 있는지
아마도 올 가을엔 땅콩이 풍년일 모양입니다.

누가 보든 보지 않든 제 할 일에 충실한 마당의 자연처럼

"나도 하나님 주신 내 사명과 비전을 항상 잊지 말아야지." 다짐합니다.

풀을 매며 반 시간도 되지 않았는데

땀으로 샤워를 한 것처럼 흠뻑 젖은 치마 앞자락에

잘 익은 토마토, 약이 바짝 오른 고추, 내 얼굴만 한 깻잎,

호박잎이 넘치도록 그득합니다.

해의 밝음을 닮아 빛나는 채소들 "예쁘기도 하지!"

오늘은 이 신선한 유기농 야채를 가져다 드릴 분이 계십니다.

신선함으로 건강해지시길 기도하는 마음을 가득 담아…….

장태산에서의 경청

장태산 수목원 울창한 메타세쿼이아 숲에 누웠습니다.

30미터도 더 될 것 같은 메타세쿼이아의 큰 키
제일 위 흔들리는 나뭇잎을 응시하고 있습니다.

화창한 하늘 사이로 점처럼 형태를 알아보기 힘든 나뭇잎
바람이 불어오고 나무숲 전체가 하나인 것처럼 일정하게 흔들리는
바람의 노래를 듣고 있습니다.

하나님 창조한 커다란 자연 속에
아주 작고 작게 놓인 나.
모래알처럼, 아니 큰 우주 공간 안에 그보다 더 작고 작은 나.

주님~ 저는 제가 항상 제 편이라

사람들과 그리고 주님과 소통할 때에도 방해가 되었었습니다.

이렇게 작은 나를 내려놓지 못해서~

편들 것도 없는, 아주 보잘것없는 나를 내려놓지 못해서~

하나님 주신 무한한 능력 아래 저를 새롭게 해 주세요.

그 크신 하나님을 제한하지 않게 해 주세요.

내 삶 가운데 하나님의 영광을 보게 하옵소서.

coram Deo

마당 기도실에 들어설 때면
아주 더운 날에도
주님 반기시는
시원하고 향기로운 연두 바람이 불어옵니다.

여러 일들을 해야 하는 오늘이지만
한없이 게으름을 피우며

주님 앞에(coram Deo)
오래 오래 앉아서
더운 여름이야기를 시원하게 하고 있습니다.

폭염을 피할 그늘처럼
영혼의 안식처가 되시는

주님 안에서⋯⋯.

통로

장맛비가 내리고 있습니다.
유치원 뒤 논, 밭에도 비가 오고 있습니다.

마치 실핏줄처럼
들판 모든 땅들 위에 물길이 열려있습니다.

우산을 펴 들고 들판으로 나갑니다.

물길을 따라 내 생각도 흐릅니다.

나의 발등을 따라 물길이 오르고 내리며
또 그렇게 각기의 물길로 흩어집니다.

우산을 버립니다.

작은 천국 나의 아이들

빗속으로 나를 거침없이 흐르게 하기 위해

비와 물길과 내가 하나가 되어
자연과 호흡합니다.

신발을 벗습니다.

물길과 땅과 내 발길이 방해 받지 않고 흘러가도록

온갖 나의 버려야 할 자아들이 빗물을 따라 흩어집니다.

그래서
하나님 나라의 의와 사랑이 흘러가기를 원하며
정결한 통로가 되기를 원하며…….

아름다운 널 언제나 잊지 않을게

권사님들께서 새벽기도를 마친 후 바로 일터로 가는 분들을 위해

떡과 커피를 준비하셨습니다.

뜨거운 떡에서 연기가 찬 겨울바람을 가르며 모락모락 피어오릅니다.

땡칠이 생각을 하며 가슴에 떡 한 덩이를 품고

집으로 오는 길은 눈이 한 송이 두 송이 내리기 시작합니다.

아저씨가 졸고 있는 관리실을 살~금 지나

집으로 들어섭니다.

어둠이 채 가시지 않은 현관문을 열고

나는 언제나처럼 마중해주던 땡칠이를 생각하며

그 자리에 얼음이 되어 멈추어 버립니다.

눈물이 쉴 사이 없이

땡칠이가 나를 반기던 그 자리 위로 소낙비처럼 떨어집니다.

오늘이 우리 땡칠이가 하늘나라에 간 지 열흘이 되었네요.
우리 가족은 아무도 땡칠이 이야기를 차마 꺼내지 못합니다.
얼마나 서로에게 고통인지 알기에.

며칠 전엔 베란다에서 창을 보고 있는데
딸아이가 집으로 걸어오고 있습니다.
손에는 꽤 먼 거리에 있는 중심상가에서
땡칠이가 좋아하던
아이스크림을 떨어뜨릴세라 조심~ 들고 오는 딸아이를 보며
차마 딸아이를 볼 자신이 없어 쌕~ 화장실 물을 잔뜩 틀어놓고 울어버립니다.
한참을 수습을 하고 거실로 나가자
아직도 딸아이는
아이스크림을 땡칠이 앞에 두고는 어깨를 들먹이며 소리죽여 울고 있습니다.

땡칠이가 천국에 간 사건은
우리 가족에겐 너무 가슴이 아프고 힘들어서 말을 꺼내기도 힘들어
일단은 조금 덜 아플 때 말할 수 있을 것 같아서……

우리 가족은 몇 날을

그리고 지금도
묵기(默記)로 하며 지냅니다.

하루에 몇 번이고 울컥하고
장례 날엔 어찌나
우리 가족은 많이 울었는지
가져간 수건을 몇 번이나 짜서 다시 닦습니다.
차마 땡칠이를 낯선 납골당에 두고 올 수 없어서
찬 바다에, 산에 뿌릴 수 없어서
데리고 집에 왔습니다.

그날부터
땡칠이 앞에는 땡칠이가 평소 좋아하던 음식이 매일 새롭게 쌓여갑니다.

우리는 땡칠이를 가슴에 묻었고
함께 있다고 생각하기로 합니다.

땡칠아 사랑해!
땡칠아 고마워!

작은 천국 나의 아이들

땡칠아~~

아름다운 널 언제나 잊지 않을게~~

PART 05   추억

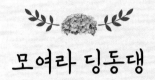

모여라 딩동댕

주말이라,

여유로운 아침을 먹고

과일을 들고 TV 앞에 앉아 있는데

EBS에서 "모여라 딩동댕" 아이들 프로가 진행되고 있습니다.

아마도

우리 지성 친구들도

저처럼 "모여라 딩동댕"을 보고 있겠지요.

함께 있지 못해도

사랑한다면

사랑이라는 끈으로 연결된 통로를 통해 생각과 마음으로

서로가 동일함으로 느끼는 것이리라 생각합니다.

작은 천국 나의 아이들

권선징악의 주제를 담고 있는

뮤지컬 노랑머리 여자주인공이 춤추고 노래하며 한창 연기 중입니다.

남편에게 저 주인공이 "나 닮았지?" 하니

"아니~" 합니다.

아마도

아이들과 함께하고

아이들을 즐겁게 해주는

저 노랑머리 주인공이고 싶은 나의 바람이 닮지도 않은

주인공을 나를 닮았다고 남편에게 강요하고 있는 것입니다.

감추어져 있는 내 마음의 보물 같은 지성 친구들.

주말에도 금요일 하교할 때, 행복했던 그 모습 그대로

월요일에 만나요!

젖소엄마는 말이 없잖아요

오랜 기간 유치원을 운영하시던 원장님이

마음에 병을 얻으셨습니다.

학부형님들의 무한한 요구와 항의

교사들과 교사들의 어머님들의 요구와 항의

매일 새로운 행사와 교육을 받아들이고 펼쳐야 하는 경쟁에의 심리적 부담감…….

한시도 맘을 놓을 수 없는 아이들 안전사고에 대한 두려움 등

몸과 마음이 천 근이 되셔서는

모든 것을 정리하시고 젖소농장을 사셨습니다.

동료원장님들이 농장으로 집들이를 갔습니다.

젖소농장에 간 원장님들은 깜짝 놀랐습니다.

그렇게도 깔끔하고 우아하던 원장님이

작은 천국 나의 아이들

남루한 작업복을 입으시고 젖소 똥냄새를 풍기며

작업을 하고 계신 것을 보셨던 것입니다.

안쓰러운 눈빛으로 위로의 말을 건네던 원장님들께

젖소농장의 원장님께서는

"젖소엄마는 말이 없잖아~"

하시며 행복한 미소를 지으셨다고 합니다.

오늘 학부모 한 분이 저에게

"좋으시겠어요! 아기천사와 매일 계시니까요~" 합니다.

네~

하지만 저도 가끔은 젖소농장을 사러 가야 하나?

아주 가끔은 생각을 하기도 합니다!

음식 찌꺼기 바구니 닦기 면접

2011년도 신입교사 면접일이라

이른 시간부터 다들 멋지게 단장한 신입교사들이

속속 지성 유치원 문턱을 넘습니다.

오래전

제가 대학을 졸업하고

처음 유치원 면접을 떠올립니다.

면접 때 입으라고 어머니께서 맞추어주신

베이지색 쓰리피스 치마 정장과 흰 맞춤구두를 신고

새벽 목욕에다 꽃단장을 하고는

덜컹거리는 가슴을 쓸어내리며

오늘 지성유치원 문턱을 넘는 신입교사들처럼

저도 성실유치원 문턱을 넘었습니다.

눈이 부리부리하시고 작고 통통하신 이순자 원장님께서 저를 맞이하십니다.

떨리는 손으로 내민 저의 이력서는

펼쳐 보시지도 않으시고 한쪽에 밀어 놓으시고는

바삐 어디론가 가시더니

금세 주방에서 남은 음식을 거르는 더러운 플라스틱 망 바구니를

물기를 뚝뚝 흘리시며 가져오십니다.

원장님은 "닦아 오실 수 있으세요?" 하시며 바구니를 저에게 내밉니다.

두말없이

바구니를 받아들고는 화장실을 찾아 들어갑니다.

도구도 없고 아이들의 실내화가 어지러운 암모니아 냄새가 진동하는

낯선 화장실에서 쪼그리고 앉아 열심히 바구니를 닦아 깨끗이 합니다.

30분도 더 닦아도 새것처럼 깨끗해지지 않지만 그래도 더 이상 할 수 없을 만큼 했으니

가져다 원장님께 드립니다.

잠잠히 기다리시던 원장님께서는

제가 내민 플라스틱 바구니를 받아 드시며

"합격입니다. 출근하십시오."

유치원 교사를 뽑는 이상한 면접을 무사히 통과한 저는

그다음 날부터 결혼을 하고 아이를 낳기 전날까지

4년여를 하루처럼 유치원을 다녔습니다.

그때 성실유치원의 원장님께서는

어찌나 무섭고 호랑이 같으신지

교사들 사이에서는 저승사자라 불려지고

개원 이래 1년 이상을 재임하는 교사가 없는

어떤 일에서도, 한 치의 오차나 실수를 용납하실 수 없으셨던

그래서 원장님의 옷깃이 스치기라도 하면

그 목소리만 멀리서 들리기만 해도 모든 교사는 안색이 창백해지는

공포의 원장님!!

그러나 저는 그 원장님의 명령에 완전히 복종했고

밤 10시가 저의 퇴근 시간이면 빠를 만큼

혼신을 다해 일을 해나갔습니다

아이들을 사랑하기에

원장님의 명령이 개인의 영달이 아닌

아이들의 진정한 교육과 염려를 위한 책망이었기에

저는 그 명령을 달게 순종했고

항상 저의 입술 안과 밖이 부어터지고

딱지가 떨어질라치면 또다시 부어터져서

저의 별명은 유~후가 되어 있었습니다.

유일하게 4년여를 그 유치원에 근속한 교사였던 저는

지금 생각해 보니

그 기간이 저에게는 황금보다 더 귀한 성숙의 시간들이었으며

아이들을 낳고 키우는 동안 안식년이 돌아와 쉴 때도

사용자 측에서 부모님 입장에서 유치원을 볼 수 있는 기간이 되었습니다.

오늘 막상 신입교사 면접을 하려니

오래전 저의 음식 찌꺼기 바구니 닦기 면접이 떠오르며

이제야 알 것 같은 이순자 원장님의 면접의 핵심은

유치원 교사가 된다는 것은

아이들을 깊이 사랑하지 않고서는 할 수 없는 사명.

아이들을 위해서라면

때론 이유 없이 순종해야 하며

때론 한 번도 해본 적 없는 것도 그리고 아주 힘든 것도 견디어야 하며

이론만으로 알 수 없는

현실과 대면해야 하고

많은 인내와 사랑을 실천할 수 있는 사람만이

유치원 교사로 살아남을 수 있다는 것을,

한순간 면접을 통해 알아내셨다는 생각을 하게 됩니다.

지금도 스승의 날이 되면
존경과 감사의 마음을 더해 가장 화려한 꽃다발을 주문합니다.

나의 스승
이순자 원장님께.

종달새처럼 제제제

주일예배가 끝나면 항상
주일학교 교사인 딸아이를 기다려 함께 와야 하기에
로비에서 향기가 맛난 온누리 커피를 마시며
남편과 함께 반가운 교회식구들과 인사를 나눕니다.

그런데 이번 주일에는
복도 저편에서 제비초리처럼 날씬하고 아름다운 여대생 한 명이
긴 머리를 휘날리며
저에게로 와 팔짱을 끼며
다정한 그 아이의 성격대로
유쾌한 이야기보따리를 풀어놓고 있습니다.

그 아인
10년 전 어쩌면 제 딸이 되었을 아이입니다.

항상 무슨 일이 있을 때면

기도의 동역자가 되고 영적 코드가 맞는 믿음의 친구가 어느 날

난데없이 어린 딸을 부탁한다며

울며 제게 강제 명령을 합니다.

그 친구는

몸에 이상이 생겨

병원에 갔더니

큰 수술을 해야 하며

회복과 쾌차의 확률은 아주 적다고 그래서

수술 중 죽을 수도 있다고 합니다.

여명이 얼마 남지 않은 자신의 몸과 목숨 걱정보다는

딸 걱정으로 꺼이꺼이 울며

딸을 더 걱정하고 있는 친구.

그놈의 지 목숨보다 지독한 모성애!!

그래서 우리는 더 슬퍼 몇 날을 울며

하나님의 기적을 기대하며 전심으로 기도를 올려드렸습니다.

나는 친구에게

친구의 딸아일 우리 딸과 꼭 같이

사랑하고 가르치고 시집보낼 거니까 딸 걱정 말고
살 생각부터 하라며 다독이며 병원으로 친구를 보내고

사춘기에 접어든 그 애를 데려올
만반의 준비를 마쳤는데

친구가 퇴원해 저를 만나자 합니다.
막상 수술하여 아픈 곳을 열어보니 좀 더 살 수 있게 되었답니다.
그래서 딸을 준다는 말을 취소한답니다.
하나님의 기적이 그 친구에게 임한 것입니다.
친구의 딸을 데려올 수 없어 허전하고 한편으론 홀가분하고…….

제가 친구의
남편이나 엄마보다도
죽기 전 가장 큰 사랑이자 걱정이던 딸을 맡길 수 있는
사람이라는 사실이
저를 기쁘게 한 사건이었습니다.

지금 그 친구는
하나님의 기적에 보답이라도 하듯
누구보다 더 씽씽하게

작은 천국 나의 아이들

교회를 누비며 큰소리를 땅땅 치며 건강하답니다.

기적을 베풀어 주신 하나님 감사합니다.

지금 나의 옆에서 저의 팔짱을 끼고
종달새처럼 "제…제…제…" 수다 중인 친구의 딸아인
내가 자기 엄마가 될 수도 있었다는 사실을 알기나 하는 걸까요??

전도 여행

예수전도단 활동을 하는 김영신 선생님이
내일 떠나시는 전도 여행 기도편지를 건넵니다.

방학을 이용해 인도로 2주간의 선교여행을 떠나십니다.

문득 내가 전도 여행을 하던 때를 떠올립니다.
돈 한 푼 없이 핸드폰도 없이
모든 것을 내려놓고
주님의 부르심과 명령에 순종해 갈 길을 정하고 할 일을 하는 여행!
처음 떠날 때는 두렵고 떨림으로 불안했습니다.

첫날부터 내 마음의 전쟁은 시작되었습니다.
함께 동행하는 자매 중에 나이가 드신 경찰대 도서관장님이 계셨는데
출발하자마자 다리가 아프시다며 잠잠히 묵상 중인 전도 여행 식구들을

힘들게 했습니다.

급기야는 다 매달려 주무르고 약을 구하려 뛰어다니고
나는 주님의 말씀을 들으며 신실하게 시작해야 할 여행의 첫머리를 방해받는 것 같아
속으로 그 자매의 부족함과 이기적인 행동이 못내 싫어졌습니다.

모두가 합심해 기도하는 중에 주님이 가라 하시는 곳으로 다다랐을 때
밤이 이미 깊어 저녁을 빵으로 준비하게 되었는데
다리가 아프다던 그 자매가 갑자기 빵을 먹으면 속이 쓰리고 잠이 안 오니,
"밥을 해 놔라." 하시는 것이었습니다.
시골의 낯선 교회에서 준비도 없이…….
마당에 호박잎을 따고 장을 빌려 땀을 뻘뻘 흘리며 낯선 부엌에서 밥을 해야만 했습니다.
나와 두 자매는 밥을 해서 올렸지만 나는 한 숟가락도 먹지 않았습니다.

다음날 새벽 4시 반에 모두 일어나 새벽 기도를 시작으로 하루를 하자 정하고는
교회의 기도실을 빌려 잠을 청하게 되었습니다.

새벽형 인간인지라 새벽에 일어나는 것은 가장 쉬운 일 중에 하나였는데
그 밤이 지난 첫 새벽 주님이 날 찾아오셨습니다.
일어나려고 하려는데 정말 다리가 잘라질 것 같은 아픔으로 견딜 수가 없게 된 것입니다.
하지만 동행한 전도 여행 식구들이 모두 새벽성전에 가기까지 나는 한마디도 하지 않고

자는 듯 누워 온전히 아픔을 견디고 있었습니다.

나는 어제 다리가 아프다며 전도 여행을 망친 그 자매를 미워했으며 이해하지 못하고
마음으로 비난하고 있었음을 고백해야만 했습니다.
주님은 나에게 그 자매가 겪어야만 했던 고통을 똑같이 내게 주심으로
그를 이해하고 나를 뉘우치게 하셨습니다.
온전히 회개함으로 주님께 나아갈 때
정말 거짓처럼 제 다리는 한순간에 모든 아픔으로부터 벗어났습니다.

다른 전도 여행 식구들이 기도하고 있는 새벽성전으로 가서
다리가 아프다던 그 자매 옆에 앉아
전심으로 그 자매의 다리의 통증의 쾌차를 놓고 기도하게 되었습니다.

기도가 끝나갈 무렵 이번엔 갑자기 속이 쓰리고 힘이 없어지기 시작했습니다.
어제 빵을 먹으면 속이 쓰리고 힘이 없고 잠을 잘 수 없다던 그 자매의 속 쓰림이 나에게
똑같이 시작된 것입니다.
배를 잡고 낑낑거리며 한참을 주님께 또 회개함으로 나아갔습니다.

두 통의 티슈를 다 쓰도록 눈물, 콧물 다 흘리며
그간 내가 이해하려 들지 않았던 다른 사람들의 고통과 이해를 위한
진정한 회개가 나에게 일어났던 것입니다.

무지하고 이기적이었지만 그런지조차 모르고
나를 옹호하고 타당화하던 나에게 아버지의 마음이
비둘기 같은 성령으로 임하였습니다.

기도를 마치고 전도 여행 식구들에게 돌아갔을 때
또 하나의 기적이 일어났습니다.
다리가 아파서 부축을 하고 절룩거리며 새벽성전에 갔으나
올 때는 나는 듯 나오셨다는 자매의 간증이었습니다.

그 자매는 8일간의 전도 여행 동안 길 위에서 잠을 자고
먼 길을 걸어 다니고, 광장에서 사람들이 잔뜩 모인 곳에서
오랫동안 춤을 추며 찬양을 하고,
릴레이 무릎기도를 하고, 뙤약볕에서 하루 종일 힘든 노동을 해도
한 번도 다리가 아프다거나 불편하다 하지 않고
무사히 여행을 마치셨습니다.
물론 나도 그 자매를 진심으로 사랑하게 되었습니다.

전도 여행 내내 말로는 표현할 수 없는 주님의 임재와 기적이
매일 순간순간 일어났으며 우리는 사도행전 29장을 쓰는 사도가 된
전도 여행이었습니다.

아무것도 네게 가진 것이 없어도

어떤 때보다 잘~ 먹이시고 독수리 눈동자처럼 돌보시고

하라 하시는 일을 했을 때 놀라운 능력을 주시는 하나님을 경험하고 놀라워하며

나는 일생 중에 가장 행복한 시간을 체험하였던 것입니다.

아마도 오늘 기도편지를 주며 두려워하는 눈으로 기도를 부탁한 선생님도

돌아올 때는 세상에서 가장 행복한 주님의 딸이 되어 있을 것입니다.

임마누엘의 하나님!! 우리 김영신 선생님을 올려 드립니다.

엄마를 부탁해요

창을 열지 않아도 일기예보를 듣지 않아도

스마트폰 화면은 오늘의 날씨를

비가 오면 비 오는 화면으로 바람 불면 바람 부는 화면으로

해가 나면 해 나는 화면으로 바꾸어 줍니다.

오늘 새벽 제 스마트폰은 울고 있습니다.

아마도 밖에 비가 오는 것이겠지요.

"이구~ 신통해!" 하며 울어도 칭찬을 해줍니다.

오늘처럼 비가 오는 날이었고

2년 전의 엄마의 소천이 있어 염을 하는 날이었습니다.

모두가 그전에 하도 울고 지쳐 멍한 상태로 엄마의 염을 지키는데

20년이 넘도록 남편과 살았지만

우는 모습을 한 번도 본 적이 없었습니다.

갑자기 염이 끝나고 있던 순간 얼굴을 가리고 소리 내어 울기 시작한 남편.

"어!!!"

아인슈타인 상에 빛나는

명석한 두뇌의 물리학자이며 무기 개발자인 남편은

매우 이성적이고 있는 사실과 정확한 공식이 아니면

어떤 것도 믿지 않는 단점이자 장점을 가진 냉철한 이지남이!!

염이 다 끝난 후 남편은 병원의 한적한 나무 아래로 저를 데려갔습니다.

그리고는 신비한 체험을 말해 줍니다.

"장모님의 몸을 꽁꽁 베로 싸고 관에 넣는 것을 지켜보며 속으로

'얼마나 답답하실까?'

안 그래도 답답한 것 싫어하셨는데 하면서 마음에 장모님에 대한

긍휼의 마음을 가지고 천국에 편하게 가시도록 기도를 마음으로 하고 있던 순간,

갑자기 귓가에

"내 말에 거하면 참으로 내 제자가 되고

진리를 알지니 진리가 너희를 자유롭게 하리라 John 8:31~32

'Then you will know the truth,

and the truth will set you free.'

라는 말씀이 또렷이 들려서 너무 깜짝 놀라 눈을 떠보니

아무도 이야기한 사람이 없는데

하나님은 나를 지켜보고 말씀하셨다는 것을 알게 되었어.

엄마는 천국에 가서 자유케 되신 거고 나는 눈에 보이는 것만을 믿던 것이

얼마나 한정적이고 어리석었다는 것을 알게 되었어.

명수야, 엄마는 천국에 하나님 품으로 가셨고

또 나를 하나님을 믿을 수 있도록 기다려 주어서 고마워."

염이 끝난 병원의 한가로운 나무 아래서

남편과 나는 모든 순간 우리의 삶에 하나님이 주관하시고 개입하시도록

주님을 의뢰하는 기도를 올렸습니다.

하나님~ 천국에 가신 엄마는 진리 안에서 자유롭고 평안하신가요?

하나님~ 엄마를 부탁해요!!

작은 천국 나의 아이들

똑같은 사명 그러나 파괴 혹은 생명과 회복으로

2년 전부터 저의 오른쪽 어깨가

간간이 아파 와서

동네 병원에서 CT 촬영, 엑스레이 촬영, 전신 균형진단 등을 한 결과.

자세가 불량스러워져서 그런다 하여

테이핑 요법, 물리치료, 침 등 시술을 꾸준히 하였지만

나아짐이 없이 더하고 덜하고를 반복하다

한 달 전 어느 날 아침

오른쪽 목을 가눌 수 없고

오른쪽 전체 어깨 팔이 돌아가지 않는 마비상태로

고통과 증세가 심하고 급하여

수원에서는 이름난 시내 정형외과로 가

MRI, 엑스레이, 문진한 결과

정확한 진단은 석회화 건염과 근육과 심줄의 파열이라는

희귀병이라는 병명을 알게 되었습니다.

며칠을 살인적인 고통에 시달린 저는 더 이상 진통제도 듣지 않고

충격파로 구슬 같은 석회 3개를 마취도 없이 깨뜨리게 되었는데

정말 아기 낳는 것보다 더 아픈 고통이라

정신을 놓을 뻔한 순간순간

예수님의 십자가를 기억하며

주기도문을 계속 외워 갔습니다.

치료사는 다른 환자들은 이런 경우

너무 아픔이 심해 응급실로 실려 가거나

치료 시 쇼크가 일어나기도 하는데

"잘 참는다."는 칭찬의 소리를 뒤로하고

휘청하면서 벌벌 떨며 탈의실로 가서 옷을 입으려 하는데

온몸이 고통으로 마비 수준이라 옷을 입을 수 없고

어찌할 수 없어 창밖만 보고 눈물을 철철 흘리고 있는데,

마침 퇴근시간인지 여의사 선생님 한 분이 들어오셨습니다.

도움을 받아 옷을 입고 대리운전을 불렀습니다.

대리운전자를 기다리며

어느새 캄캄해진 밤하늘 반짝이는 별 속에서

제가 그간 고통에 직면했던 사람들을

건성으로 문병했던 일들이 일일이 떠올랐습니다.

핏기 없는 얼굴을 외면했으며

힘없는 목소리를 대충 들었으며

표정 없는 얼굴을 섭섭해했었습니다.

오~ 주님

내 이웃을 내 몸같이 사랑하라 하셨음에도

저는 이웃의 아픔을 이해하려 하지도

진심 어린 위로도 하지 못한 매몰찬 딸이었습니다.

오늘 이 순간

바로 저를 향한 이해와 통찰이라는 고통의 광야를 주신 이유 있음을

쏟아지는 별빛 아래 알게 하시는군요!

2년여 동안 정확한 고통의 실체를 몰라

대체 요법도 가고 스파도 가고 스포츠 마사지도 가고…….

낑낑대며 몇 날씩 아파서 다크 서클이 판다처럼 얼굴에 드리우고

이웃의 고통에 동감하는 나의 마음 가운데 진심이 있었더라면
하나님께서는 광야에 길을 더 일찍 만드셨을 것을…….

이제야 알다니,
회개함으로 나아갑니다.

그러나
이제는 고통이 덜할 것이라는 병원 측의 말과는 달리
이틀이 지났지만
충격파를 한 곳과 약물치료가 무용지물인 듯
계속된 고통은 침상이 다 젖도록
저를 괴롭혔습니다.
몇 밤을 고통에 시달린 저는

'주님 저를 데려가세요~ 더 이상 아프기 싫어요!!'

그때 갑자기 마음의 소리로
컴퓨터 앞에 가서
병명을 검색해 전국 전문치료 정형외과 검색을 하게 되었는데
그 병원의 석회화 건염 충격파 치료과정 동영상을 보고
저는 정말 깜짝 놀랐습니다.

제가 죽을 힘을 다해 버티는데 마취 없이^{이유는 아픈 곳을 충격파로 때리기 위함}

뼈를 부수는 것은 정말 무지하고 무식한 방법이었음을…….

논현동 한 병원의 동영상은

석회가 있는 곳을 동영상으로 엑스레이로 정확히 보면서

환자의 고통을 감안해 부분 마취로 편안하게 한 후,

의사 선생님께서 직접 5명의 간호사와 스태프의 도움으로 침착하게

과정 과정을 설명하며 선진화된 충격파 기계로 치료하였으며

오랜 임상으로 정확함을 보여주고 있었습니다.

2년여의 고통의 세월을 보내고

몇 병원을 거치면서

논현동의 정형외과에서 첫 치료를 하고

이제는 3일이 지났습니다.

거짓말처럼

고통은 사라지고 팔도 자유로워져 가고 있습니다.

3번의 남은 치료와 6개월간의 재활운동은

저를 예전처럼 건강하게 회복시킬 것입니다.

오늘 아침엔 젓가락질도 설거지도 과일도

고통 없이 깎을 수 있다는 것이 얼마나 감격스러운지…….

고통의 광야는 "축복의 팡파르"라는 말이 떠오르는 순간입니다.

이스라엘인들이 애굽을 탈출해
단 며칠의 거리를 40년을 방황하며
죄 없는 새로운 이스라엘인만이 약속의 땅을 밟은 것처럼

나도
그간 광야를 걷고 있었구나.
나의 연약함으로 새 땅을 밟을 수 없을 때 하나님은 구름기둥으로 나를 가리시고
죽을 것 같은 고통의 시간에 나를 등에 업고 걸어오셨던
주님을 만납니다.

같은 사명을 가진 여러 의사들을 통해
투시된 나를 또 보게 하십니다.

나는 어떤 교육자였는지
그간 23여 년의 교육가의 사명을
생명과 치유로 이끌어 주었는지
아니면 혼란스럽게 갈 길을 늦추었는지

치유와 회복의 시간

깊은 자성의 시간을 갖습니다.

알게 모르게
미숙하여, 교만하여, 게을러, 지은 죄를
주님께 올려 드립니다.

언제나 아이들에게 교사들에게
올바른 주의 빛을 비추는 자가 되기를 원합니다.

이 고통의 광야를 통해 저에게 보이신 대로
아버지의 부르심에 합당하게 살겠습니다.

세상과 구별되어
예수님처럼
온전히 겸손하고
언제나 눈부신 빛 아래 행하겠습니다.

그렇게 행하도록
주님의 주권 아래 저를 온전히 복종시키시고 품으소서.

주님을 경외함으로 은혜를 누리고

불법된 삶의 모양이라도 닮지 않게 하옵소서.

나의 삶을 통해 주님을 인정하게 하옵소서.

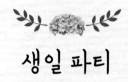

생일 파티

며칠 전, 제 생일을 맞았었습니다.

아침부터 케이크를 자르기 시작해 8개의 케이크로

축하를 받는, 넘치는 생일날입니다.

하지만 제 생애에 가장 기억되는 생일날은

제가 초등학교에 다니던 4학년 생일날이었습니다.

그 당시 큰길가에 몇 안 되는 큰 건물에 주인으로 살고 있었던 우리 집 뒤에는

하꼬방이라는, 무리를 져 천막과 슬레이트로 허름하게

집을 짓고 사는 가구들이 많이 모여 살았습니다.

우연히 그곳에 처음으로 가본 나는

많은 충격을 받았습니다.

길가엔 파리와 쓰레기, 배변들이 가득하여 냄새가 진동하고

열고 닫는 대문도 없고 방 안 풍경은

어둡고 좁았으며 창문도 없이

작은 천국 나의 아이들

방 안이 부엌이고 거실인 집…….

그곳에서 아이들은 보호 받지 못했으며

저마다 자신을 책임지며 길거리를 누비며 하루를 보냈습니다.

하꼬방 동네에는 유난히도 아이들이 많았습니다.

그날 이후 저는 제가 나눌 수 있는 음식, 옷, 장난감, 시간을

그 아이들과 나누기 시작했습니다.

어느 사이 제가 그 동네에 들어서면

벌떼처럼 아이들이 모여들고

아이들과 함께하는 시간이 점점 늘어났으며

집에서 밥을 먹을 때면 상 밑에서, 부엌에서 비닐도 흔하지 않은 시절이기에

몰래 신문에, 누런 봉투에 밥을 싸고 반찬을 싸고 간식을 싸기에 바빴습니다.

충분히 먹지 못한 나는 나날이 수척해지고

매일 동네 아이들을 업고 안고 힘을 소진하다 보니

키도 자라지 않고 밤에는 진땀을 내고 끙끙 앓는 날도 많았지만

나를 목 놓아 기다리는 아이들과 지내는 시간을 줄일 수는 없었습니다.

아파서 일어나지 못하는 날엔 아이들이 한 무더기씩

우리 집 앞에 진을 치며 제가 나오기만을 기다리기에…….

그때 나의 소원은 그 아이들을 배불리 먹이고

깨끗이 씻겨주고 싶은 마음이 간절하기만 하였는데

마침내 생일을 맞이하게 된 초등학교 4학년의 어느 가을날

엄마도, 일하는 언니도 다른 가족들도 우연히 집을 비우게 되었습니다.

나는 아이들에게 실컷 밥을 먹이고 씻겨 주리라 마음먹고

빈집에 아이들을 불렀습니다.

처음으로 우리 집에 들어온 아이들은 기쁨과 호기심에 가득 찬 얼굴들이었습니다.

제일 먼저 부엌에서 제일 큰 그릇을 꺼내 쌀을 씻기 시작했습니다.

팔이 돌아가지 않을 만큼 많은 쌀을 씻어 3구의 연탄불 위에 올려놓고

아이들의 더러운 옷을 다 벗기고

목욕탕엔 따뜻한 물을 가득 채운 후 아이들을

다 담그고 나의 세탁된 옷들을 꺼내 목욕탕 문 앞에 두고는

한 명씩 탕 안에서 건져 아이들의 때를 밀기 시작했습니다.

아이들은 나를 도와 한 팔씩 친구들의 몸을 밀어 주기도 하고 제 몸을 닦기도 하고

따뜻한 수증기로 가득 찬 욕실 안의 아이들과 나는 얼마나 행복하던지…….

열댓 명의 아이들의 목욕을 다 시켜 갈 즈음

엄마의 화난 목소리와 함께

목욕탕 문이 열렸을 때

집 안에서는 밥 익는 냄새가 아닌 플라스틱 녹는 냄새가 진동하였습니다.

노발대발하는 엄마를 보며

밥을 얹어 놓은 아궁이에 가 보니

아직 밥을 한 번도 해본 적이 없었던 내가

욕심에 제일 큰 그릇이라고 선택한 그 그릇은 바로 플라스틱 파란 양동이였고

그 플라스틱은 연탄 위에 녹아 눌어붙고

쌀들은 튀어나와 부엌이 엉망이 되어 있었던 것입니다

화가 잔뜩 나신 엄마는

범인인 나를 무섭게 다그치고 때리고

아이들은 놀라 뿔뿔이 흩어지고

갑자기 생일 파티는 아수라장이 되어버리고

엄마에게 맞는 것보다 더 슬펐던 것은 아이들을

배불리 먹이고 새 옷을 입힐 수가 없어서…….

그리고 다시는 그 아이들을 만나면 안 된다는 엄마의 명령 때문에

나는 슬프고 아팠습니다.

그날 밤

아이들과 놀다 머릿니가 잔뜩 옮아 있던 나의 머리는 아주 짧게 잘렸고

살충제인 DDT를 뿌려 하얘진 머리를 숙이고 한없이 울었습니다.

그날 이후 아이들을 만날 수 없었던 나에게

아이들은 꽤 먼 거리에 있는, 내가 다니던 우이초등학교로

하루도 거르지 않고 나를 만나러 왔습니다.

유치원 연령이라 시계도 없고 시간 개념도 없던 아이들은

언제 왔는지도 모르게 수업의 2, 3교시가 끝날 때 즈음이면

교문과 운동장을 배회하며 나를 하염없이 점심도 거르고 기다려 주었습니다.

아이들이 걱정되었던 나의 시선은 창가로 온 신경을 쓰느라 수업은 뒷전이 되고

그 당시 학교에서는 옥수수 빵을 나누어 주었는데

아이들에게로 가 그 옥수수 빵을 나누어 줄 수 있어 기뻤습니다.

어떤 때는 아이들 수는 많고

빵은 적어 엄지손톱만큼씩 떼어서 입에 넣어 주기가 태반이었고

"거지엄마"라고 학교 친구들은 나를 놀렸습니다.

아이들이 중요했던 나는 그런 말들이 문제가 되지 않았습니다.

점심도 거르고 저를 기다린 아이들임에도 힘듦이 없고

나의 가방과 신발주머니를 대신 들고 싶어 다투고 차례를 정해

나의 양손에, 등에 업힌 아이들과 나는

우리 집이 보이는 곳까지만 하교를 함께 하며 지낼 수 있었습니다

이제 생각해보니

엄마는 나 때문에 무진 속을 썩혔고 나는 정말 나쁜 딸이었다는 생각이 듭니다.

하굣길 작은 산이 있었는데

그 산등성, 냇물에서는 항상 쉬어가며

고픈 배를 물로 채우고 아이들 얼굴도, 발도 씻기고

까막이, 시금이, 열매도 따 먹고

우리는 행복했습니다.

그렇게 제가 초등학교를 졸업할 때까지 우리의 만남은 계속되었고

먼 중학교에 배정되어 차를 타고 학교에 가게 되고

우리 집도 이사를 하게 되었습니다.

작은 천국 나의 아이들

그때 아이들과 함께 항상 하나님께 시냇가에서 기도했는데,

아이들의 환경을 바꾸어 달라고

나의 능력으로 맘껏 먹이고 보호하고 씻길 수 있도록

내가 볼 수 없을 때라도 아이들을 보호하고 지켜 달라고…….

많은 세월이 흐른 지금

하나님은 그 모든 기도를 넉넉하게 들어주셨습니다.

나는 배고픈 아이들을 먹이고 보호할 수 있게 되었으며

하꼬방의 내 사랑스러운 아이들은 잘 자라

종종 저의 이야기를 한다는 소식을 듣곤 했습니다.

오 주님~

모든 기도를 하나도 빠짐없이 이루어주신 신실하신 아버지

그러나 나는 그렇지 않습니다.

주님 회개합니다.

한없이 게을러져 버린

내 것이 소중해 망설이면서

나를 위해서는 아끼지 않는 나를 만납니다.

그럼에도 나를 늘 변명하고 타당화하는

부끄러운 나를 회개합니다.

처음 마음을 회복하게 하시고

날마다 새롭게 하시고

아버지의 마음을 품고 망설임 없이 행하게 하시고

도움이 필요한 곳을 분별하게 하시고

나의 의가 아닌 아버지의 의가 드러나게 하옵소서.

나는 온전히 주님의 것임을 고백합니다.

매 순간 주의 아름다움이 저를 덮으소서.

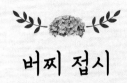

버찌 접시

지난 주말 장을 볼 때
버찌가 예쁘게 그려진
새로 꺼낸 접시가 생각났습니다.

버찌 그림이 그려진 접시에 담을 음식을 생각하며
장을 보고 음식을 장만했습니다.

음식이 다 되어 갈 즈음
접시를 찾으니 놓아 둔 곳엔 접시가 없고
딸아이 방 책상 위에
먹다 남은 음식으로 더럽혀져
장만한 음식을 담을 수 없게 되었습니다.

저걸 어째…….

망설이며 서 있다가
이내 버찌 그림 접시가
나의 모습 같음을 보게 되었습니다.

하나님께서 나를 쓰시려고 부르실 때

머물러야 할 자리에 있지 않아서
혹은 더럽혀져서
나를 부르신 목적대로 쓸 수 없는 것은 아닌지

아니 이미
나를 부르셨는데
더럽혀져서 쓰이지 못한 것은 아닌지…….

접시를 가져와 닦으며
나의 마음에도
정결한
주님의 나라가 깃들기를
기도했습니다.

미장원

어제 퇴근 후

거의 일 년 만에

미장원에 들러 세 시간여를

미장원에 있는 잡지도 다 보고

동네 여인들의 수다도 들으며 보냈습니다.

나오는 발걸음 안에

"남들에게 멋지게 보이고 싶어 평생을 허비하지 말라,

이미 너는 하나님이 원하시는 존재란다." 하는

마음의 울림이 들렸습니다.

꾸미지 않아도

눈부신 정오의 해처럼

주님 앞에서

새롭게 되길 원합니다.

233
•
추억

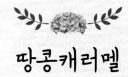

땅콩캐러멜

마트에서 장을 보다
옛날 땅콩캐러멜을 발견하고는 보물을 찾은 듯
냉큼 큰 봉지를 들어 바구니에 넣습니다.

제가 다섯 살이나 네 살 즈음이던 어느 날
오늘 찾은 보물 같은 캐러멜과 꼭 같은 캐러멜을
엄마가 우리 사 형제와 일하는 언니에게 다섯 개씩을 나누어 주고는 남은 사탕봉지를
장롱에 넣으시며 "많이 먹으면 이 썩으니까,
하루에 다섯 개씩만 주는 거야. 그리고 이 봉지에 있는 것은 다 세어 놓았으니까
꺼내 먹으면 안 돼." 하시고는 외출을 하셨습니다.

언니와 오빠는 학교에 등교를 하고
나와 동생 그리고 일하는 언니는
나누어준 다섯 개가 부족해 더 먹고 싶은 생각으로 가득했습니다.

작은 천국 나의 아이들

가장 나이가 많은 일하는 언니가 들키지 않고 먹을 수 있는 꾀를 생각해냈는데
그것은 딱 세 번씩만 빨아 먹고는 다시 잘 싸서 넣어 놓기로 한 것이었습니다.
우리 모두는 동의를 하고
곧 실천에 옮기게 되었는데,

나와 동생은 아직 나이가 어리니 딱 세 번씩 빨아 먹는 조절이 안 되어
캐러멜이 어떤 것은 반, 어떤 것은 다 녹도록 먹게 되었지만
개수를 세어 놓았다던 엄마의 말을 생각하며
절대로 다 먹지는 않고 침과 캐러멜이 범벅이 된 사탕을 열심히 싸 놓았습니다.

모든 범죄가 끝났을 무렵 엄마가 집에 돌아오셨는데
마침 우편 배달하시는 아저씨가 편지를 전달하러 오셨습니다.
엄마는 더운데 수고하신다며 우리가 좀 전에 열심히 개수를 맞추어 싸놓았던
그 캐러멜을 들고 나오시더니
한 주먹 넘치도록 아저씨께 물과 함께 드립니다.

그 장면을 보고 있던 나는 어찌나
우편배달부 아저씨께 미안하던지
그리고 엄마에게 들키지는 않을까
가슴이 쿵쾅거리던지, 그 소리가 지금도 귓가에 들리는 듯합니다.

40여 년이 지난 지금도 그 땅콩캐러멜은 여전히 같은 포장 같은 맛으로

나를 향수에 젖게 합니다.

아무에게도 말할 수 없었던 진실을

지금에서야 고백하며 엄마와 우편배달부 아저씨에게

진심으로 용서를 구합니다.

지금 나의 옆엔 수북이 캐러멜의 봉지가 쌓여 갑니다.

아무도 제한하지 않는 캐러멜 개수…….

오늘 실컷 먹고 있습니다.

237
•
추억

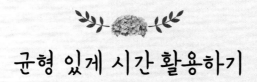

균형 있게 시간 활용하기

오랜 친구들을 만나
밥도 먹고 행사가 있는 유치원 탐방도 하고 대학 캠퍼스에서 산책도 했습니다.

헤어져 돌아오는 차 안에서
예전에 우리들이 처음 만났던 시간들을 생각해봤습니다.

한 친구는 어린 나이에도 큰 유치원을 운영하며 공부하던 친구였는데
몸이 약해서 늘~ 마스크를 해서 자신을 보호했던 친구였습니다.
약했던 그 친구의 눈에는 항상 사람을 경계하며
겁으로 가득 찬 그리고 만사가 귀찮은 듯한 눈빛이 담겨 있었습니다.

한 친구는 공부하는 것에서나 삶에서도 치열함이 느껴져
가까이 가기도 조심스럽던 친구였으며
이념이 다른 이야기를 했다간

나의 이념이 완전히 바뀔 때까지 나를 놓아주지 않는 열정적인 그 친구는

오늘은 많이 지쳐 있었습니다.

많은 세월 동안 그리도 치열하게 살아와선지

이젠 저를 설득하거나 강요하지 않습니다.

잠잠히 기다리며 이해합니다.

마스크 위로 경계의 눈으로 모든 사람을 보았던 친구는

이제 마스크를 벗었으며 매 순간 웃고 있습니다.

이젠 사람을 경계하지도 않습니다.

완전히 자유로워졌음을 봅니다.

내성적이고 약한 몸으로 감당하기 힘들어하던

그 큰 유치원도 이제는 다~ 벗어버렸습니다.

자유인이 되었으며 삶을 누립니다.

남의 이목이나 세상의 잣대를 벗고

자신에게 행복을 주는 것들을 선택한 것입니다.

친구들의 성숙 속에서

수없이 고개를 끄덕이며 동조하는 나를 만납니다.

시간은 누구에게나 평등했습니다.

시간을 균형 있게 사용하는 자는

지치지 않으며 오랫동안 그리고 효과적으로 삶을 성숙시킬 수 있습니다.

치우쳐 있는 저의 시간들 속에 균형이라는 숙제를 냅니다.

토마토 향기

그 냄새가 그리워집니다.

조리사님이 토마토가 싱싱하다며
원무실로 가져다주네요.
흰 접시에 잘 조각내 설탕을 뿌린 토마토.

토마토만 보면 생각나는 사람~

아주 어릴 적
수유리 마당 넓은 집에 살 때
몸이 유난히 약했던 나.

아침 밥 하는 냄새에
헛구역질을 하곤 비위 상한다고 먹지 못하고

엄마 속을 어지간히 썩이던 저에게

저의 집에서 저를 돌보아주던 희명이라는 식모언니가

마당에 토마토가 익기 시작할 때면

매일 이른 아침

아직 잠에서 깨어나지 못한 저를 안고

토마토 밭으로 가

줄기에서 싱싱하게 익은 예쁜 토마토를 따서는

반을 갈라 서리가 내린 것처럼 이슬이 송송한 토마토 속살을

저에게 내밀곤 했죠.

걱정스런 눈으로 제가 한 입이라도 더 먹기를 바라는 그 눈빛

연약한 제 맨발이 땅에 닿기라도 할까 봐 조심하던 그 팔의 힘.

지금도 토마토를 볼 때면

어린 시절로 돌아가

희명이 언니의

그 눈빛,

그 토마토 향기가

그리워집니다.

PART 06 가을

마하나님

아이들이 등원하지 않는 토요일인데

이른 아침부터

프로젝트 마무리 준비와

10월 축제 준비로

무엇이 그리 재미있는지

선생님들이 깔깔거리며 분주히 일하십니다.

선생님들의 행복한 웃음을 품고

감사한 마음으로

가을이 내려온 마당을 지나

기도실 문을 열고

주님 앞에 앉습니다.

마하나님!
지성유치원의 교사들은 하나님의 군대입니다.
날마다 새 힘을 얻어
하나님 주신 사명을 다해
아이들을 가르치고 사랑하도록
긴 기도를 올려드립니다.

가을이 내렸습니다

늦은 밤 퇴근길에도

이른 아침 출근길에도

소리 없이 아름다운 가을이 내려있습니다.

가을 향기와 바람엔 새로움과 평안이 들어 있습니다.

어느새 유치원 정원엔 국화가 피기 시작했습니다.

비가 오지 않아도 늦은 밤엔 초롱초롱 잎마다 가을 서리가 맺혀있습니다.

어제의 일들이

아무리 고단해도

새날 아침엔

언제나 개운하고 행복한 마음을 허락하시는 주님

작은 천국 나의 아이들

감사합니다.

사랑합니다.

진리 안에서

가을 환경을 바꾸려고
고속터미널에 가서 꽃도 사고 큰 소품들도 사왔습니다.
유치원 여기저기 아이들이 기뻐할 얼굴을 구하며
환경을 바꿉니다.
마당에는 가을을 닮은 오색 바람개비를 설치했습니다.

기도실에 가려는데
바람개비가 바람에 쉼 없이 돌아가며
아름다운 색들을 만들어 내고 있습니다.

보이지 않아도 쉬지 않고
바람을 만들어 내는 하나님의 섭리처럼
내 곁에서 일하시는 하나님의 신실함을 느낍니다.
바람의 명령에 순종하며 돌아가는 바람개비의 쉼 없는 일함같이

나도 순종하며 일해야지

머릿결을 스치는 바람에게 이야기합니다.

파자마 파티

파자마 파티로 지난밤 지성유치원은
밤늦도록 열기가 가득했습니다.

지치지도 않는 우리 에너자이저 지성유치원 친구들이
제 팔을 잡아끌며
"우리 밤새도록 놀이해요."
"베개 싸움은 언제 해요?"
"원장 선생님은 내 옆에서 꼭 자야 해요."
"모닥불은 언제 피워요?"
종알종알 대더니만
입체 영화 보랴, 신나는 게임하랴,
영어 율동 찬트 배우랴, 부모님께 편지 쓰랴…….
바쁘게도 타임 테이블을 돌더니
어느새 세상모르고 평화로운 단잠에 빠져있습니다.

슬기반 선생님께서 제일 크게 코를 골며 깊은 잠자고 있는

아이 볼에 입을 맞추니 그 아이는

잠꼬대로 "아~ 왜 이렇게 잠아 안 와?" 쿨~쿨 했답니다.

선생님들마다 자기 반 아이 자랑에 한발도 지지 않습니다.

아이들은 날개를 숨긴 천사!

선생님들은 그 천사를 보호하는 수호천사!

2010 지성유치원 파자마 파티가 있었던 어젯밤

선생님들 모두

핑크 하트무늬 파자마로 통일한 "핑크 하트데이"

즐거운 밤이 지나고 있습니다.

배 밭에서의 칭찬

입학상담 철이라 잦은 학부형님의 방문으로
유치원을 비울 수 없어 아이들과 선생님들만 배 밭 체험을 보내고

교생선생님들과
마당에 널린 가을꽃이며 아이들 장난감이며
가을 설거지를 한참 하고 있는데
배 밭 이림 원장님 전화벨이 울립니다.

"어쩌면 지성 원장님!
지성유치원 선생님들과 기사님들이 저렇게 아이들에게 잘해요?
수많은 원들이 다녀간 속에서도
지성 교사나 기사 같은 팀은 없었어요.
배 밭 깊숙이 들어가 아이들과 상호작용하고
진심으로 마음을 다해 아이들과 호흡하고

저와 이림 교사와 원감 기사들이 모두가
감탄을 하며 한참을 아름다운 광경을 보았어요."
하시며 감탄과 칭찬을 연발하십니다.

제가 따라가지 않아도
누가 지키지 않아도
주인 같은 마음으로 아이들을 진심으로 사랑하시는 우리 지성 직원들,
마음이 가득해지고 행복해집니다.

만 배로 선한 행실의 보답을 채우실 하나님께
칭찬과 감사의 마음을 담아 축복의 기도를 드립니다.

풋풋한 배 밭의 향기를 머금고 다녀온 배 바구니를 보니
아이들이 땡배도 한 아름 따왔는데
먹지도 못할 배를 열심히 땄을 아이들과
그 기쁨을 깨지 않으려 아이들을 나무 위까지
안아 올려주셨을 선생님과 기사들이
눈에 그려지며 감사의 마음이 한결 더합니다.

더 걸작인 우리 조리사님
"저 땡배는 아이들 안 볼 때 버려야겠어요."라고

제가 말하니 조리사님께서

"아니, 왜요? 내일모레 불고기 메뉴 때

설탕 대신 갈아 넣으면 될 것을……." 합니다.

풋~

모두가 질리게 배를 실컷 드시도록

배 과수원에 넉넉히 배를 더 신청해야 할 것 같습니다.

아이사랑의 소리 없는 도전과 실천

지성유치원의 환상의 하모니!!

지성 가족 여러분

사랑합니다.

풀꽃 선물

아이들이 원무실 문을 열고 한 무더기 다투어 들어옵니다.

저마다 풀꽃을 들고

저에게 줍니다.

왜지?

갑자기!

아~

어제 한 아이가

등원차를 기다리며

그 아이 집 길가에 핀 풀꽃을 따서

저에게 가져다주었습니다.

길가에서 저를 생각한 따뜻한 마음이 감사해

책상 위에 있는 비타민 사탕을 답례로 주며 안고 칭찬해 주었는데

그 모습을 보았던, 같은 차를 타며 등원하던 아이들이

잊지 않고 오늘 아침 저마다 풀꽃을 들고
저에게 온 것입니다.

오늘은 비타민도 책상 위에 없고
아이들의 머리 위에 하나님의 정결한 축복을 선물로 더합니다.
길가에서도 한없이 부족한 저를 생각하며
풀꽃을 땄을 아이들의 마음이
풍성한 가을만큼 저의 마음을 풍요롭게 합니다.

얘들아~~
사람을 생각하며 꽃을 따는 아름다움!
그 꽃을 받아 들 사람을 기대하는 기쁨!
그 풀꽃에 감사하는 기쁨을 나누는 풍요로움!

그렇게
우리는 아름다움을 매일 배우고 자라게 하여
하나님과 사람에게 더욱 사랑스러워지며
아름다운 영향을 끼치는 사람들이 되자!!!

반가운 산책

익숙한 주차장에 차를 대고
방해받고 싶지 않은 마음에
휴대폰과 가방을 차에 두고
혼자만의 산책을 시작합니다.

분주한 일상에서 만나는 여러 사람들과 여러 일들은
때론 내가 아닌 낯선 사람의 생각 속으로 동화시켜 버리곤 합니다.
내가 아닌 나를 보게 될 때

절제와 평상심
그리고 하나님이 창조하신 모습으로 원위치 하기 위한 묵상

걷는 것에 열중해 생각을 멈출까 봐,
잔잔히 밀려오는 행복을 느끼려

느린 걸음으로

단골 산책로의 나무들과 인사를 합니다.

오늘 산책로에는 아무도 보이지 않습니다.

예수님과 호젓이 만나는 반가운 산책길

생각하기엔 너무 빠르게 진행되는 관계와 환경 속에서

혹시 나에게 말씀하시는

예수님의 말씀을 듣지 못하는 것은 아닌지.

일부러 외면하며 귀를 막지는 않는지.

주님의 말씀 안에 나를 귀 기울입니다.

사랑한다면

귀 기울이고 함께 시간을 보내고

원하는 것을 행하는 것일 거라 생각하는 산책길입니다.

단풍놀이

뉴스를 볼 때마다 가을 단풍이 절정이라고 합니다.
사람들이 줄을 지어 단풍놀이를 즐기며
자연과 어우러진 그림들과 함께.

그러고 보니
저는 한 번도 단풍놀이를 간 적이 없네요.

오늘은 맘먹고
출근길 차를 놔두고
걸어서 가을 단풍을 느끼기로 하고
동탄지성로의 긴 낙엽 가로수 길을 걸어서 등원을 합니다.

이미 좀 늦어버린 가을
쌀쌀한 가을바람을 가르며
보도블록 위에 오색의 낙엽을 느낍니다.

작은 천국 나의 아이들

눈물이 날 것 같은 아름다운 가을

그리고
가을보다 아름다운 주님을 묵상합니다.

어느새 아이들 보여주려고
길 위에서
예쁜 낙엽을 줍고 있는 나를 발견합니다.
아니~
아니~
그냥 오늘은 충분히 누리기로 해요.

PART 07 기도

감사하는 순간들

월요 기도모임에서 권사님께서 감사하는 순간들을 항상 생각하고
감사하면 매일 감사할 더 많은 것들이 생긴답니다.
오늘 존귀한 당신도
감사하는 순간들을 생각하시고 감사하셔서
더 많은 감사할 일들이 넘치시길 원합니다.

감사하는 순간들.

출근해 나서는 발길에
계절마다 다른 빛깔 초록 나무들의 인사
유치원으로 향하는 동탄지성로의 일렬로 늘어선 나무와 꽃들의 인사
일터에서 만나는 동역자들의 반가움
아이들이 등원하며 내는 들뜬 하루의 시작소리

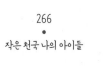

교실마다 뿜어내는 선생님마다 다른 색깔의 열정적인 수업의 열기,

기도실에서의 주님과의 평안하고 멋진 만남.

내 몸에 맞추어 제작하여 아무리 오래 일해도 편안한 내 책상.

열두 시가 되면 어김없이 배달되는 조리사님의 따뜻한 식사.

부족한 나를 찾아와 이것저것 조언과 상담을 구하는 사람들과의 오후.

찌뿌드드한 오후엔 맨발로 나가 하나님의 창조를 볼 수 있는 날마다 새로운 텃밭

어둠이 내려도 마당을 낮처럼 환하게 비추는

망포 고등학교 야간 자율학습이 한창인 교실의 환한 불빛

퇴근길 대문으로 향하는 발길을 비추는 베들레헴교회의 오색 네온사인 위로

지친 하루를 덮는 차 안에서의 찬양 듣기.

정확한 시간으로 어김없는 약속을 지키는 친구와

운동을 함께 하고 땀범벅 후의 깔끔한 샤워.

온 가족이 각자의 일로 바쁜 하루를 마치고 둘러앉은,

과일과 TV 소리가 배경인 풍경.

보송보송 재스민 냄새가 나는 침실의 단잠.

첫새벽에 주님의 부르심과 만남 그리고 새 하루의 시작.

감사와 기쁨으로 저의 일상을 허락하신

주님!! 감사해요.

두 무릎 대화

매일 새벽 하나님과의
두 무릎 대화
내 삶
"열정의 근원"
주님이 내편이시기에
내 삶에 한계는 없습니다.

넘어져도 잘못 가도
하나님의 나침판으로
바른 길로 어디라
늘~ 가리키고 계시기에

나는 너무 늦지 않게
방향을 새로 맞출 수 있기 때문입니다.

전통혼례 체험학습

269
•
기도

떨어지고 녹슬지 않도록

모래장을 정리하다
날개가 부러진 바람개비와
녹슬어 더 이상 쓸 수 없는 물건들을 추려
쓰레기봉투에 담습니다.

"하나님 녹슬어 폐기처분 당하지 않게
저를 쓰시고 또 쓰시기를 원합니다.
완전히 닳아질 때까지 저를 사용해 주시옵소서."

작은 천국 나의 아이들

잣대

혼자 큐티하는 것이

가끔은 집중을 할 수 없는 시간들이 돌아올 때면

어둠을 가르며 새벽기도에 갑니다.

오래전 어느 새벽기도에서

개인 기도를 하고 있는데

우연히 크게 기도하시는 집사님의 기도를 듣게 되었습니다.

간절하게 기도하시는 내용은 그 지역의 조그만 집을

한 칸 장만하게 해달라는 기도였습니다.

평상시 그 집사님께서는 교회를 사랑하시고 교회 일에 힘쓰시는 성실하신 분이셨기에

저도 열심히 그 집사님의 기도에 힘써 동역했습니다.

그런데 몇 년이 지난 어느 새벽기도에

또 우연히 그 집사님께서 크게 기도하시는 것을 듣게 되었습니다.

아~ 그런데

작은 천국 나의 아이들

아직도 그 집을 장만 못한 듯 같은 기도의 내용으로 기도하고 계셨습니다.

저는 알 수 없는 성남과 분노가 치밀었습니다.

그래서 이번엔 함께 그 기도를 동역하지 않고

하나님께 따지듯이 물었습니다.

"하나님 저 집사님은 아주 오래전에

그리고 그 소박한 집 한 칸을 허락해 달라 기도했는데

만군의 여호와 능력의 주님이 그 작은 소원 하나도 들어주시지 않는 것인지요.

그렇게 매정하신 그리고 차별하시는 하나님은 난 알지 못합니다.

내가 알고 있는 하나님과 집사님 하나님은 다른가요?"

볼멘 표정으로 씩씩대고 있다가

자리를 차고 지하계단을 올라

어둠이 가시는 현관으로 걸음을 옮기는데

목사님께서 기도를 마치시고 마침 올라오시고 계셨습니다.

대뜸 저는 목사님께 저의 의문과 섭섭함을 아뢰었습니다.

목사님은 허허 웃으시며 저에게 말씀하십니다.

"하나님은 토기장이십니다.

토기장이는 다기도 빚고 항아리도 빚고 대접도 빚지요.

토기장이가 흙을 치댈 때 이미 무엇을 만들지 결정하듯이

하나님이 우리를 창조하실 때에 이미 그 쓰임과 용도와

가는 길을 결정하시고 창조하십니다.

그러기에 하나님이 나를 창조하신 목적이 무엇인지 알고

순종할 때 그 삶의 시간들을 허비함 없이 바르게 사용할 수 있는 것입니다.

토기장이가 다기를 빚었지만 다기는 자신을

항아리로 알고 항아리의 용도의 물을 원한다면

토기장이가 항아리에 담을 물을 다기에게

끝없이 부어 준다 하여도 다기가 그 물을 다 담을 수 없듯이

이미 그 집사님께 하나님이 원하는 집을 허락하셨을 수도 있지만

담을 수 없었을 수도

그 소원을 이루고 하나님을 찾지 않는 큰 불행을 염려하실 수도 있겠지요.

세상 사람들의 잣대와 창조주 하나님의 잣대는 다릅니다.

고난을 통해 하나님께 부르짖으며

온전히 나가는 삶은 심령이 가난하여 복이 있습니다.

하나님을 계속 갈구할 수 있기에……."

……

그래요.

아버지의 잣대로 세상을 볼 수 있도록

그 크신 아버지의 마음을 알 수 있도록

집으로 향하는 운전대 창가로 첫새벽을 가르는

부서지는 싱그런 햇살 너머 아버지의 사랑이 나를 덮습니다.

저를 창조하신 그 목적을 제가 바로 알고 더 이상의 시간을 낭비하지 않도록

저를 깨워주세요. 아버지!!

밤 씨를 심다

새벽 산책길에

잘 익어 터진 밤들이 떨어져

갓 잠을 깨고 나온 해님의 나뭇잎 사이 햇빛에 반짝이고 있습니다.

아직 이른 새벽이라

아무도 지나지 않은 듯

자유로운 밤들이 도란도란 숲과 땅과 이야기를 나누고 있는 것처럼 보입니다.

문득 오래전 꿈이 생각났습니다.

그 꿈은

많은 사람들이 밤을 따고 있고 저도 함께 밤을 따고 있는 장면이었습니다.

장면이 바뀌어 그 많은 사람들이 주운 밤을

모두 군밤으로 굽고 있는 장면과 제가 밤을 땅에 심고 있는 장면이었습니다.

또 장면이 바뀌어 주렁주렁 감이 열린 감나무 아래서

제가 널따란 광주리를 들고 서 있고

갑자기 나무에 달린 감들이 순식간에 제가 들고 있던 광주리로 떨어지고

그 떨어진 감이 내 눈에는 투시되어 벌레가 든 감, 덜 익은 감, 잘 익은 감,

각각의 씨까지도 모두 투명하게 보이는 장면이었습니다.

그 꿈을 꾸고 난 다음날 교회에서 구역장 직분을 받게 되었는데

그간 제가 매번 권유하시는 목사님께 이 핑계 저 핑계 대고 만류하던 구역장 직분.

목사님께서는 이번 해에는

"모든 직분자들을 임명할 때 사람에게 묻거나 회의하지 않고 하나님께 물었으며 그 답에

따라 직분을 줍니다.

아무런 보상도 없고 감투도 아닌 하나님 나라 일이기에

하나님은 누구에게 그 일을 담당시켜야 할 줄 아시기에

순종하는 마음으로 직분을 감당하시기 바랍니다." 하십니다.

그리곤 구역장 직분의 첫 호명자로 저의 이름이 불렸습니다.

간밤의 꿈은 아마도 제가 불순종할까 염려하신 하나님의

저를 향한 "배려의 꿈"이었던 것 같습니다.

그 다음 주부터 가장 까탈스럽기로 이름난 구역을 배정받고

구역예배를 이끄는 수장이 되었습니다.

큰아이는 손에 걸고 작은 아이는 업고, 성경가방은 메고

저의 전투는 시작되었으며 승리의 하나님은 나와 함께 계셨습니다.

제가 맡게 된 구역 식구들은

권사님, 장로님, 새 신도까지 어디에 초점을 맞추어야 할 바도 모르겠고

믿음의 세월도 오래이신 분들도 있고

세상에서 많은 성공하신 분들도 있고…….

부족하기 한이 없고 단지 두 아이가 딸린 젊은 엄마였던 저는

날마다 하나님께 매달려 기도와 말씀을 의지하는 수밖에 없었습니다.

그러나 놀라운 하나님은

가장 부족한 저를 통로로

우리가 예배할 때마다 비둘기 같은 성령으로 우리를 하나 되게 하셨고

눈물이 범벅이 되어 회개하고, 나누고, 감사하고, 한량없는 은혜를 체험하게 하셨습니다.

우리 모두는 구역 예배를 기다리고 사모했으며 모이기를 고대했습니다.

내어놓는 중보기도는 놀랍게 이루어져 감탄에 마지않는

2년에의 ACT, 29을 실감했습니다.

유일한 나의 안식년 시절이었던

5년여의 시간을 아름다운 구역장 사명으로 풍성하고

작은 천국 나의 아이들

확실한 하나님의 임재의 시간들을 체험케 하셨습니다.

그 후 두 아이를 낳고 기르느라 쉬었던 유치원도

새 힘을 얻어 유치원에 복귀하게 되었을 때는

나는 천하무적 태권브이 강력한 하나님의 에너자이저가 되어있었습니다.

그때 그 투시되어 보이던 감의 내면이 아버지의 눈으로 볼 수 있는

구역식구들의 내면이라는 것과

열심히 밤을 땅에 심은 것은 나의 욕심과 필요를 내려놓고 복음을 위한 씨 뿌림이었다는

것을 알게 되었습니다.

나보다 나를 잘 아시는 주님

불가능을 가능케 하시는 능력의 주님

나는 단지 주신 것을 심고 보았지만

예수님은 죽기까지

나를 사랑하심을 기억하게 하셨습니다.

그래요~~

나는 죽기까지 나를 사랑하시는

예수님을 언제나 갈망하고 감격해합니다.

그래서
예수님 한 분만으로
나는
충분합니다.

안식년

안식년에 들어가기 전,

하나님께서 저를 꼭 만나고 가라는 마음을 계속 주셨다며

다음 주 초에 워싱턴으로 떠나시는

믿음의 문 교수님이 저를 급하게 찾으십니다.

한달음에 달려가

믿음의 연합과 동역 안에 만남을 가집니다.

하나님의 강력한 임재하심이

각자 사역의 방향과

부활과 십자가의 연합된 삶, 주님의 신실함, 하나님의 은혜에 대해

기쁨으로 상기된 얼굴과 빛나는 눈동자를 나누며 이야기를 나누게 하십니다.

이야기 중 최근 풀지 못했던

삶 안에서의 말씀의 적용. 성령과 말씀 안에서의 균형 있는 삶.
예수님의 마음과 행함이 있는 부끄럽지 않은 구원과 영원한 삶에 대한
과제를 하나님은 말씀 안(열 처녀의 비유, 양과 염소의 비유, 달란트의 비유)에서
풀어 가시도록 하십니다.

놀라우신 주님!!
우리는 오랜 기간 만나지 못했고
말씀과 기도 안에서 동역했을 뿐인데

하나님은 우리를
매일 만나는 사람들보다 더 가깝게
그 생각과 행함을 일치시키시고 계셨습니다.

최근 세미나의 심리 강사가
"생계를 위한 일 말고 자신이 가장 좋아하는 일을 찾고
그 일에 시간과 열정을, 생계를 위한 일에 지장이 되지 않는
한도에서 꾸준히 한다면
언젠가는 그 일이 주가 되고 삶의 이유가 된다."
라고 했었습니다.
'그래서 그럼 나는 가장 좋아하는 일이 무엇이지?'
하는 나의 질문에 대한 대답이

하나님 말씀 보기, 찬양 듣기, 잠잠히 기도하기, 예수님 묵상하며 산책하기였는데

역시 나의 달려갈 길은

주님의 주신 은사를

주님의 뜻 아래 사용하는 것임을,

나는 그리스도와 함께 십자가에 못 박혔습니다.

그러므로 이제 더 이상 내가 사는 것이 아니라

내 안에 그리스도께서 사시는 것입니다.

지금 내가 육체 안에 사는 것은

나를 사랑하셔서 나를 위해

자신의 몸을 내주신 하나님의 아들을 믿는 믿음으로 사는 것입니다.

나는 하나님의 은혜를 헛되게 하지 않습니다.

만일 의롭다고 인정받는 것이 율법으로 말미암는다면

그리스도께서 헛되게 죽으신 것입니다.

그러므로 이는 우리가 율법의 행위로가 아니라

그리스도를 믿음으로 의롭다 인정받는 것입니다. (갈 2:20)

저는 문 교수님께서 이끄시던 학생들 제자사역팀들을

교수님 오실 때까지 제가 힘껏 기도로 동역하겠다는 약속을 하고

문 교수님께서는 3년간 말씀을 정리하신

책과 말씀으로 무장할 수 있는 말씀카드를 선물로 주시며
우리는 악수로 인사를 합니다.

행복한 만남이었지만 돌아서는 발걸음 못내 아쉽습니다.
보고자 한다면 3분 내로 달려갈 수 있는 경희대학교와
워싱턴이라는 먼 거리감으로 그런 듯합니다.

문 교수님이 모처럼 맞으신 안식년에
하나님의 충만한 은혜가 머물러
참 평안과 기쁨의 안식년을 보내시길 기도합니다.

작은 자가 강국을 만듭니다

이른 아침

말레이시아 선교사님의 메일이 와 있습니다.

안 그래도 더운 나라라 낮잠을 안 자고는 하루를 보내기도 힘든 것을 아는데

요즈음 우기를 맞아 견디기 힘든 계절을 맞이하고 있으신 소식에

생생하게 그곳의 어려움이 전달이 되어

종일 짠~한 마음에 에어컨도 켜지 않고 반성하는 마음으로 지냅니다.

타식반딩 지역의 원주민 선교는

겉으로는 평온한 듯하지만

우기를 맞이한 말레이시아의 날씨처럼

영적전쟁으로 냉혹한 선교의 현실을 맞이하고 있으신 것입니다.

작은 자가 강국을 만든다는 것처럼

복음화의 초석이 되고 있는 까완 사역에

승리하시도록!!

선교사님과 가족들께서 영육 간의 회복과 사역의 방해가 없도록!!!!

긴 기도를 합니다.

편안한 생활을 당연히 여기는 나를

부인하고 싶은 날입니다.

어서 자유로운 날개를 달고

함께 사역할 수 있게 되기를 기도합니다.

나의 피난처

간밤

주님은
무력하게 지친 나에게
깊은 단잠을 주시고
달빛이 채 물러가기도 전에
커튼 사이 달빛으로 나를 찾으십니다.

나의 지친 마음을 달래러 급히 오신 주님은
지쳐 잠든 저를 깨우지 않으시고 고요히 지키십니다.

주님의 사랑 감사해
침대에서 내려와
조용히 두 무릎으로 주 앞에 나아갑니다.

288

달빛 가운데
잠잠히 주님을 의뢰합니다.

폭풍 가운데 나의 영혼
잠잠하게 주를 봅니다.

무력한 마음에 비둘기 같은 성령으로
마음을 만지시는 주님.

내 맘을 나보다 더 잘 아시는 주님이 말씀하십니다.

"어리석은 사람은 악한 행동을 하면서 기쁨을 느끼지만
분별력 있는 사람은 지혜에서 기쁨을 누린다.
악인에게는 그 두려워하던 일이 덮칠 것이요.
의인은 그 바라는 것을 얻게 될 것이다.
폭풍이 휩쓸고 가면 악인은 넘어지지만
의인은 영원히 굳게 서 있을 것이다 (잠언 10:23~25)."

나의 피난처 주님을 찬양합니다.

PART 08 겨울

눈이 오면

와~~

일제히 아이들 함성이 유치원 담을 넘습니다.

펑~펑~펑~

첫눈답지 않은 소담스런 2010년 겨울 첫눈이

내리기 시작했거든요.

아이들과 선생님들이 무리를 지어 눈이 내린 앞마당으로 나와

첫눈을 함께 기뻐합니다.

저도 아이들의 신기해하는 표정에 동의하며 즐거워합니다.

하지만 몇 년 전만 해도

저는 눈이 오면 걱정이 태산이던 시절이 있었습니다.

그것도 무려 13년을요!

몇 년 전 퇴근하여 집으로 오는 길에

작은 천국 나의 아이들

펑펑 눈이 오고 있었습니다.

그때 제가 운영하던 유치원 중 한 곳은
산과 이어져 있어서
눈이 오면 가파른 유치원 언덕길에
찬 산바람에 어김없이 눈이 얼고 빙판이 되고

스쿨버스도 바퀴가 헛돌아 올라오지 못하고
걸어서 언덕길을 걸어와야 하는 아이들은
넘어지고 미끄러지기에

연탄재를 부수어 깔고 박스를 깔아도
동네 어르신과 모든 직원이 나와 300명의 아이들을 끌고 안고 하여
위험한 등·하원을 도와야만 했습니다.

그래서 눈이 오는 것이 저에게는 큰 걱정이 되었습니다.
집에 돌아와 밤이 되어도 연신 커튼을 열어 보며 눈이 오지 않기를 바라면서
내내 걱정을 하며 잠이 들었는데
새벽에 일어나 커튼을 열어보니
아니~ 이 일을 어째!
밤새 눈이

293
·
겨울

한 자는 넘게 내려 세상을 온통 하얗게 덮어 놓고야 말았습니다.

세수를 하는 둥 마는 둥 하고는
곤하게 자는 남편과 아이들 아침상을 봐 놓고는
아무도 밟지 않은 눈길을 달려
아이들이 오기 전에 눈을 다 치워야지 생각하며
산 밑에 있는 유치원으로 갔습니다.

아니 그런데 이게 웬일~~

유치원 앞 언덕길과 계단과 주차장
눈이 말끔히 치워져 있었습니다.

이른 시간이라 기사들도 교사도 아무도 출근하지 않은 이 시간에
'대체 누가 눈을 치웠을까?'
궁금해하며 종일 묻고 다녔지만 아무도 눈을 치웠다는 사람은 없고
덕분에 아이들은 미끄럽지 않은 유치원 길을 등·하원 하고
안전한 하루를 마감하고 집으로 왔는데

베란다, 세탁기 앞에 다~ 젖은 남편의 옷이
눈에 들어왔습니다.

작은 천국 나의 아이들

비죽이 나와 있는 남편의 주머니에는

유치원 아이들 작은 장난감 조각들이 들어 있었습니다.

아마도 눈을 치우다 주운 것들인 듯합니다.

'그랬구나!'

땀과 눈과 흙으로 범벅이 된 남편의 흠뻑 젖은 옷을 가슴으로 안습니다.

제가 밤새 걱정을 하는 것을 지켜본 남편이

제가 잠든 사이

밤새 유치원 길을 치워놓은 것이었습니다.

밤새 눈을 치우고도

나에게 말 한 마디 하지 않고 출근한 남편

늘~ 말이 없고

무뚝뚝하고 잔잔한 바다 같은 남편

……

늦게 퇴근하는 남편을 위해 뜨거운 국을 준비하면서

내 맘의 뜨거움을 더합니다.

눈만 오면 여러 사람 맘고생, 몸 고생시키던 그 유치원은

이제 더 이상 제가 운영하지 않아

눈이 오는 날이면

더 이상 남편의 말없는 사랑을 느낄 수는 없지만

눈이 와도 이제는 걱정 없이 잠들 수 있게 되었습니다.

학예 발표회

오늘 저녁 있을 학예 발표회 준비물로 복도가

악기, 소품들로 가득합니다.

단 하루저녁을 위한 세상잔치에

참! 준비할 것도 많습니다.

문득 천국잔치에 가기 전

각자가 준비한 것들이 꺼내어질 때를 상상합니다.

꺼내어 보여 주고 싶은 것보다

감추고 싶고, 변명할 것이 많은 세상살이의 이기의 산물이 있음을 인정합니다.

소풍 같은 세상의 짧음을 알기에

학예회 준비가 갑자기 소원함으로, 부끄러움으로 다가옵니다.

작은 천국 나의 아이들

세상의 눈으로 지금을 살지 않도록

주님의 눈으로 세상을 볼 수 있도록

영원한 하나님의 천국잔치에 갈 용기로 다시 무장하기 위해

조용히……

겨우내 춥다는 이유로 방치되었던 마당 한편

응달이라 아직 눈이 녹지 않은 외로웠던 겨울의 풍차 집

기도실 문을 엽니다.

겨울 밤바다

거센 바람 부는 밤바다 앞에 서 있습니다.

모든 것들은 꽁꽁 얼었는데
바닷물은 얼지 않고
모래사장을 들고 나가며 언제나처럼 그렇게
같음으로 발등을 적시고 있습니다.

이렇게 추운 겨울에도 자신의 모습을 변화시키지 않는 바닷물처럼
나에게도 바다처럼 변치 않는 마음을 허락해주세요. 아버지.
어떤 환경에도 변하지 않기를 원합니다.

그런데 오늘은
마음의 폭풍을 잠재우려
마음의 성냄과 분냄을 희석하려 바다에 온 것입니다.

작은 천국 나의 아이들

바다 앞에 부끄러운 마음을 들키지 않으려 수평선을 주시하고 있습니다.

마음을 다시 여밉니다.

끝없이 파도치는 바다처럼 내 삶의 폭풍을 인정합니다.
검푸른 바다에 성냄과 분노를 실어 아주 멀리 멀리 보냅니다.

바다가 어떤 환경에도 자신의 할 일을 멈추지 않는 것처럼
나도 내 갈 길과 온유함을 잃지 않을 것을
발 앞에 부서지는 바다에 마음의 폭풍을 실어 보내며 약속합니다.

주 나의 모든 것

아이들이 있는 풍경
숨막히게 찬란했고
행복했던 순간들이었습니다.

주님이 내게 명령하신
아이사랑의 소명
잘 감당할 수 있도록
베풀어주신 주님의 은혜 감사합니다.

수많은 과정 위에
에워싸던 주님의 그 크신 은혜
한순간도 홀로 두지 않으시던
그 엄호 아래
30여 년의 아이사랑 소명은

주님 빛 아래 따뜻한 동행이었습니다.

내 심장 한가운데 숨쉬는

예수 어린양 보혈은

또다른 소명으로 나를 이끌고

꿈꾸게 합니다.

영원히 꿈꾸는 소명

주님보좌 앞에 주님이 주신 소명 아래

죽기까지

제 소명을 잊지 않겠습니다.

주님 사랑합니다.

온 맘 다해.

주 나의 모든 것.

당신이 있어 나는 참 행복했습니다

단거리를 달리는 육상선수처럼

쉼 없이 달린

아이사랑의 후회 없는 30년이었습니다.

행복한 아이들의 웃음소리를 듣기 위해

결과 있는 교육을 위해

정직한 아이사랑의 사명을 감당했으며

그 소명은

행복했고

아름다웠습니다.

아이들은 나에게 작은 천국입니다.

이 책은 유치원 원장으로 달려온 30년을 자축하며

긴 세월 함께했던 신실한 교사와 직원들…

그리고 한결같음으로 나를 지원했고 응원했던 나의 가족

유치원 아이들과 학부모님들.

나의 열정의 근원이시고 모든 것이신 하나님께

드리는 기도이며 진심어린 고백입니다

감사합니다.

사랑합니다.

당신이 있어 나는 참 행복한 사람이었습니다.

2017년 봄볕이 내리는

지성유치원 정원에서

정명수